小车不倒只管推

张小莉　著

河南文艺出版社
·郑州·

图书在版编目（CIP）数据

小车不倒只管推/张小莉著. —郑州:河南文艺出版社,2019.12

ISBN 978-7-5559-0908-8

Ⅰ.①小… Ⅱ.①张… Ⅲ.①纪实文学-中国-当代 Ⅳ.①I25

中国版本图书馆 CIP 数据核字（2019）第 265710 号

出版发行　河南文艺出版社
本社地址　郑州市郑东新区祥盛街 27 号 C 座 5 楼
邮政编码　450018
承印单位　河南瑞之光印刷股份有限公司
经销单位　新华书店
纸张规格　700 毫米×1000 毫米　1/16
印　　张　16.5
字　　数　185 000
版　　次　2019 年 12 月第 1 版
印　　次　2019 年 12 月第 1 次印刷
定　　价　35.00 元

印厂地址　河南省武陟县产业集聚区东区（詹店镇）泰安路
邮政编码　454950　　电话　0391-2527860

伟大出自平凡　平凡造就伟大（代序一）

"伟大的灵魂，常寓于平凡的躯体。"

在中华民族生生不息、广袤无垠的热土上，一代又一代平凡而优秀的中原儿女用深沉的家国情怀、勇敢的时代担当、不懈的平凡坚守开拓着不断前行的道路，彰显了平凡中的伟大，照亮了我们民族复兴的盛世伟业。共产主义战士杨水才就是其中的优秀代表。

杨水才 1925 年出生于河南许昌县桂村乡水道杨村一个贫苦的农民家庭，小时候吃尽旧社会的苦。1949 年加入中国人民解放军，立下多次战功，获"人民功臣"称号。从部队转业后他回到家乡，担任水道杨大队党支部副书记兼桂村公社农业中学校长。杨水才十几年如一日，带领水道杨村干部群众艰苦创业，开拓进取，改变了水道杨村贫穷落后的面貌。由于长期劳累，他身患肺结核、肾结石等多种疾病，但仍然带病工作，直至生命的最后一刻。他 1966 年 12 月 5 日凌晨病逝于办公桌前，后来，被毛主席称为"一不怕苦、二不怕死的共产主义战士"。"小车不倒只管推"的杨水才精神一直在激励感召着人们拼搏奋斗、奉献牺牲、勇毅前行。

时光荏苒，杨水才精神历久弥新。我至今还记得五十多年前的 1969 年 7 月，《人民日报》头版头条发表的通讯《一不怕苦、二不怕死的共产主义战士——记共产党员杨水才同志的光辉事迹》，全面介绍杨水才的感人故事，同年，《人民日报》又发表评论员文章《为人民鞠躬尽瘁》，全国迅速掀起学习杨水才的热潮。那时，我和同学们一起专程从开封到"杨水才光辉事迹展览馆"（现更名为"杨水才纪念馆"）参观学习。"小车不倒只管推"的杨水才精神已成为一代又一代青年迎难而上、艰苦奋斗的强大思想动力和宝贵的精神财富。

杨水才是土生土长的许昌人，杨水才精神是许昌的闪光名片。河南省许昌市文联主席、青年作家张小莉凭着一以贯之的赤子情怀，以文艺工作者的使命和担当，用真挚细腻的笔触深入挖掘拓展了杨水才精神的丰富内核。她以杨水才为原型，创作了《小车不倒只管推》这部长篇小说。小说以杨水才的生命轨迹为纬度进行刻画，把一个个真实感人的故事缀玉成串，最终使一个心存大爱、公而忘私、艰苦奋斗、纤尘不染的农村基层党员干部的形象跃然纸上、栩栩如生。这部小说紧紧扣住了呼唤英雄、讴歌英雄、学习英雄的时代脉搏，思想内涵深沉厚重，故事情节动人心弦，为我们还原塑造了一个平凡而又伟大的英雄模范形象。它的出版对于继承红色基因，传承和弘扬中华民族共有的基因图谱具有非常积极的现实意义。

当我一口气读完这部小说，掩卷而思、抚今追昔，也是感慨颇多。2019年9月29日，在中华人民共和国国家勋章和国家荣誉称号颁授仪式上，习近平总书记指出："伟大出自平凡，平凡造就伟大。只要有坚定的理想信念、不懈的奋斗精神，脚踏实地把每件平凡的事做好，一切平凡的人都可以获得不平凡的人生，一切平凡的工作都可以创造不平凡的成就。"这段话也正是对杨水才精神的生动写照。每代人有每代人的使命，每个人有每个人的责任。杨水才虽然已经离开我们半个多世纪，他生前也没有做出多么惊天动地的伟业，但平凡的他敢啃"硬骨头"、甘当"燃灯者"，改变了水道杨村贫穷落后的面貌，其"为有牺牲多壮志，敢教日月换新天"的奋斗精神为我们深刻诠释了什么是平凡如斯、伟大如斯。

人生有味是奉献，人生至味是平凡。每一位与这部小说结缘的读者，在开卷有益时能否也思索这平凡和伟大的真义，在内心展开自我追问：如果我是一滴水，是否滋润了一寸土地？如果我是一粒粮食，是否哺育了有用的生命？如果我是一颗螺丝钉，是否坚守了奋斗的岗位？正如鲁迅先生所说："愿中国青年都摆脱冷气，只是向上走，不必听自暴自弃者流的话。能做事的做事，能发声的发声。有一分热，发一分光……"我相信，这所有的光和热汇聚起来，必将成为砥砺前行、接续奋斗的磅礴力量，终将实现民族复兴、四海升平。

这是我们的初心，我们的使命！

王立群

2019年10月于京

（王立群，著名学者，河南大学文学院教授、博士生导师、中国《文选》学会副会长。）

英雄的礼赞（代序二）

习近平总书记曾经指出："一个有希望的民族不能没有英雄，一个有前途的国家不能没有先锋。"

天地英雄气，千秋尚凛然。英雄是历史的永恒记忆，是民族的坚强脊梁，也是闪光的时代坐标。

中华民族是一个英雄辈出的民族。据不完全统计，仅近代以来，就约有2000万烈士为民族独立、人民解放和国家富强、人民幸福而英勇牺牲。英雄者，国之干。在中华民族精神的丰碑上，镌刻着一个个流光溢彩的名字，汇聚成灿烂的星河，熔铸成民族的精神灯塔，照亮我们逐梦前行之路。

当我手不释卷，一口气读完河南青年作家小莉同志创作的长篇小说《小车不倒只管推》，"英雄"这两个字一直在脑海中闪现。小说主人公的原型杨水才是真正的英雄！

杨水才是河南省许昌市建安区（原许昌县）水道杨大

队党支部原副书记，是 20 世纪六七十年代农村基层干部的一面旗帜。他十几年如一日，认真践行全心全意为人民服务的宗旨，艰苦奋斗、无私奉献，带领家乡群众挖塘治岗、植树造林、兴办学校，改变了水道杨村贫穷落后的面貌，1966年 12 月 5 日凌晨病逝在办公桌前。在短暂有限的生命里，他从来不考虑个人得失，用全部生命践行"一不怕苦、二不怕死，小车不倒只管推"的精神，用实际行动在群众心中铸就丰碑，成为时代英雄！

岁月珠流璧转，英雄精神永恒。生在这个伟大时代，歌颂英雄、学习英雄，赓续英雄的精神，让英雄的精神在亿万人民心中生根发芽、生生不息，是新时代每一位文艺工作者的责任和使命。小莉同志就有着这样的赤子之心。她作为一个地级市的文联主席，在繁忙的公务之外，利用夜晚时间笔耕不辍，以优秀共产党员杨水才同志为原型，创作了这部纪实小说，为我们还原了一个有血有肉、鲜活生动的英雄形象。她用墨笔弘道，讴歌英雄，致敬英雄，定格回望英雄为着梦想所走过的路，让英雄唤醒民族的初心，照亮我们无惧风雨、砥砺前行的征程，功莫大焉，善莫大焉！

在中国文联十大、中国作协九大开幕式上，习近平总书记曾指出："对中华民族的英雄，要心怀崇敬，浓墨重彩记录英雄、塑造英雄，让英雄在文艺作品中得到传扬，引导人民树立正确的历史观、民族观、国家观、文化观，绝不做亵渎祖先、亵渎经典、亵渎英雄的事情。"

"当过去不再照亮未来，人心将在黑暗中徘徊。"曾经有一段时间，历史虚无主义暗流涌动，一些人别有用心，视角倾斜、美丑反转、揶揄时代、奚落历史，甚至嘲笑英雄、歪解英雄，消解人们的正确认识，吞噬人们的理想与信念，消融我们的民族精神。对于任何一个国家和民族来说，忽视和冷落英雄，就将失去未来。一个崇尚英雄的民族才能英雄辈出。习近平总书记在多个场合致敬英雄，国家连续6年举行烈士纪念日仪式，全票通过《英雄烈士保护法》，创作大量讴歌英雄、致敬英雄的文艺作品……这一系列崇尚英雄的实际行动，为我们的精神家园种下了铭记英雄、崇尚英雄、捍卫英雄、学习英雄的文化常青树。"水激石则鸣，人激志则宏。"英雄需要文化的浸润。从这个意义而言，《小车不倒只管推》这部书的推出也是顺势而为、正当其时，镌刻着鲜明的时代烙印。

细细品味小莉同志这部小说，我们也可以了解到杨水才精神形成的思想渊源。他生在旧社会，成长在新社会，沐浴着党的温暖，感受到党的伟大，并用行动回报党恩，不怕苦、不怕死，为党、为人民、为国家无私奉献、鞠躬尽瘁。这种精神不仅滋养了我们的家国情怀，也激励着更多的人在奉献中体味快乐，在付出中收获喜悦，远离精神困顿、道德焦虑和价值迷失。

最好的纪念在传承，最好的回馈是奋进。《小车不倒只管推》这部作品也告诉我们，杨水才不仅是时代的英雄，也是我们看得见学得来的榜样。人人向往英雄，但英雄的精神特质从来都不是空泛的、抽象的，英雄的特质是可以触摸和感知的，这个特质就是习近平总书记所讲的"忠诚、执着、朴实"的鲜明品格。做到了，人人皆可成为英雄。我想，假如读者通过这部小说，能够从英雄的精神世界里汲取养分、获得力量，就是对英雄最好的致敬。

有诗人曾说："英雄不是点燃的蜡烛，而是一束纯净的阳光。蜡烛有燃尽的时候，而英雄的精神将会永存。"今天，国际社会风云激荡中，与中华民族伟大复兴的中国梦的距离从未如此接近。但我们也有着清醒的认知，在这星辰大海的征程上必定还有许多"娄山关""腊子口"，还需要我们付出百倍努力；为人民谋幸福、为民族谋复兴的路上，也容不得半分懈怠。不忘初心，牢记使命，我们只有赓续许许多多杨水才式的英雄的精神血脉，砥砺"忠诚、执着、朴实"的品格，弘扬甘于吃苦、乐于奉献、勇于牺牲的精神，"小车不倒只管推"，每个人都努力发光发热，才能在历史年轮之上浓墨重彩地镌刻下我们这代人的奋斗和担当，实现中华民族伟大复兴的中国梦。

初心不改，使命不怠；行程万里，接续前行！

柳建伟

（柳建伟，著名作家，编剧，茅盾文学奖得主，八一电影制片厂原厂长。）

目　录

楔　子

　　1969 年，一个夏天的夜，月亮像蒙了一层面纱，朦朦胧胧的月色倾泻而下，大地充满神秘感。 一阵阵凉风驱散了白天的余热，几声蝉鸣犬吠为村庄寂静的夜色增添了几分活力。

　　月光温柔地洒在一位满头白发的老太太身上，老人手里紧紧地握着几页旧纸，静静地站立在小院中，两只深邃的眼睛望着天空。 她饱经沧桑的脸上，透出的是艰辛和淡淡的忧伤。

　　她的回忆淋湿了心，眼角决堤了思念，"你离开已经两年多了，不知道你在那边还好吗？ 你走后，我让大孙子去参了军，就是要让他继承你的遗志，继续为老百姓服务……"

　　一阵敲门声打断了老太太的思绪，她擦了一下眼睛，转身向大门口走去，门开处，几个中年男人走了进来。

　　老太太一看，是大队队长岳建智陪着桂村公社书记曲永明和农中校长安法岚等几个人过来了。 她急忙把几个人让到屋内。 大家落座后，她又忙着为每个人倒水。

按照村里辈分，岳建智应该叫老太太为奶奶，看到老人忙活，他也急忙上前帮着给大家端水。

"大娘，您坐吧，别忙活了，我们不渴！"曲永明对老太太说。

老太太坐在了一边的小凳子上，长叹一口气，对几个人说："你们工作都很忙，不用时常来看我了，我身体也很好，请你们放心！"

昏黄的灯光把老太太的脸映得蜡黄，几个人从进门起就看见她手里一直握着几页纸，此刻还在紧紧地握着，大家都知道这位伟大的母亲还没有走出悲伤，其实他们也没有走出悲伤，整个水道杨村也没有走出悲伤。

曲永明沉默一下，看了一眼岳建智，岳建智会意，拿出一张报纸对老太太说："奶奶，我们今天来是给您老人家报告一件事情。 昨天，也就是 7 月 13 日，《人民日报》头版头条发表了《一不怕苦、二不怕死的共产主义战士——记共产党员杨水才同志的光辉事迹》的长篇通讯，我给您老念念吧！"

"一个光辉的名字：杨水才，在河南省许昌县桂村公社到处传颂……杨水才同志实践了他的誓言'小车不倒只管推，只要还有一口气，就要干革命'……杨水才同志，他没有死，他的精神永远不会死！ 两年多来，他时时刻刻活在人们的心里。 他那一心为公，一切为公，一不怕苦、二不怕死的英勇的共产主义精神，鼓舞着人们，激励着人们……"

老太太默默听完后，把手里一直握着的几页纸递给岳建智说："这个给你们吧！"

岳建智把旧纸一页页展开，看到纸上的内容，所有人的眼圈都红了，瞬间，泪飞如雨……

第一章　黎明总在黑夜后

1944年，抗日战争开始的第十三年。这十三年间老百姓的日子不好过，残酷的战争使无数百姓家破人亡，流离失所，生活在水深火热之中，痛苦不堪。4月，日本发动了号称"一号作战"的豫湘桂战役。此役中国损兵数十万，丧失4个省会和146座城市，丧失国土面积20多万平方公里，6000万人民陷于日军的铁蹄之下。

山河破碎风飘絮，热血报国当少年。这一年的杨水才已经19岁，也是一个知国恨、懂家愁的男儿了。他一心想着国家，和很多有血有肉的男儿一样想着为国杀敌。不为光宗耀祖，只愿国家富强发达，不再受外敌侵略。可是他并没有太大的能力，他只是一个给地主干活的长工，前些日子还惹怒了另外一个地主。

1944年12月郅庄格外寒冷，风里似乎夹杂着冰刀向人袭来。杨水才站在风中砍着柴，明明气温是寒冷的，他的脸上却依旧滴下汗来。

一个比杨水才小一点的男孩看见了远方模糊不清的人影，指着给杨水才看，"水才哥，那边好像有人！"

杨水才抬头看了看，却看见了几个人拿着麻绳与棍棒气势汹汹地走来。杨水才意识到了危险，他撒腿就跑，心里也没有其他的想法，只想着快点逃脱。他心想别前脚刚逃出刘地主的视线，后脚就又遇到了危险。他更没想到刘地主这样歹毒，居然让人到郐庄抓他！

刘地主分明是想断了他的后路！

杨水才穿得笨重，奔跑起来颇为费劲，一会儿工夫就累得气喘吁吁。后面那几个人紧追不舍，追上后，其中一人飞起一脚把他踹倒在地，几个人拥向前去对他绳捆索绑。

杨水才挣扎着想跑开，可一个身体结实的男人一下子踩住他的后背，疼得他说不出话来。

"叫你跑！"一人又踢了他一脚，这一脚踢在了他的鼻子上，鲜血顺着鼻孔流了下来。

杨水才气愤地看着他们说："你们替恶人当差，会遭报应的！"

一个领头的看着他，轻喝一声，"就算遭报应你也看不见了！把他抬回去，按照刘老爷的吩咐，让他去顶一个壮丁！"

战争年代，最卑贱的生命就是被抓的壮丁，他们起早贪黑地训练，无休止地流血流汗直到最后一刻！

杨水才感受到了生活的无奈，他不想再被压迫，他想反抗，于是他说："你们这群走狗！我这辈子都不会屈服于你们！"

领头的人听见了这话哈哈一笑说："小子，你今天折在我手里，听也得听，不听也得听！"

杨水才现在最担心的是母亲，自己被抓了壮丁，母亲该怎么办啊！爷爷、奶奶和弟弟被活活饿死，两个妹妹被人贩子带走，姐姐当了别人家的童养媳，现在父亲卧病在床，小弟弟还很年幼，母亲该如何用她那柔弱的肩膀担起养家的重任啊！

"这是个什么社会啊！你怎么会吃人啊？死去吧，死去吧，让我死去吧，省得活在世上受苦了！"杨水才仰天大叫。

可是，内心一个声音却对他说："你不能死啊！想一想你的母亲，你就得坚强地活着！"

多少傲骨，多少不屈，多少不甘，在现实生活面前，也只能萎落成尘。

可此时的杨水才对上战场充满了恐惧，他知道战场如鬼门关，不能生还是常事。

可是未知就是未知，你永远不会知道它是令人恐惧还是令人欣喜。

杨水才在慌张与恐惧、热血与激情中度过了他人生中最难忘的五年时光，这五年他见过太多人的死亡，也见过太多的子弹从他脸颊、胸口划过。

在这风云莫测的五年里，杨水才是真的成长了。

1949 年 1 月的一天，杨水才和伙伴一起打了饭，那个人又因为菜里的油水少而不满。

"都五年了，我们天天吃的都如猪食，那些长官却天天大鱼大肉！"

杨水才用筷子翻了翻自己碗里的菜说："能吃饱已经不错了，别挑了。"

那个人叹了一口气说："唉，这国军简直不把我们这些人当人，这苦日子什么时候能到头啊！"

杨水才低声说："你小点声，让人听到就不好了！"

"嗨，水才，你说我们要是解放军要是共产党该多好啊！听我几个老乡说他们不拿群众一针一线，老百姓都称他们为救苦救难的恩人啊！"那人伏在杨水才耳边说。

杨水才抬头望着灰蒙蒙的天空自语："我们有这个福气吗？可惜我们没有这个福气！"

1949 年 1 月 22 日，傅作义在《关于和平解放北平问题的协议》上签字。同日，傅作义按照和平协议开始撤离北平，北平城内的 20 余万国民党军移到城外，开至指定地点听候改编。

几天后，中国人民解放军举行正式的入城仪式，北平宣告和平解放。

杨水才也正式成为中国人民解放军的一员。

变化如此之快，杨水才没有想到自己竟然有福气加入中国人民解放军，他想，我一定要好好当一名解放军，保护百姓，也要守护中国这个美好的家园。

这样的人生才有意义，才没有白活一遭。

1949 年 3 月，杨水才第一次穿上解放军军装，背着解放军的枪，他再次感受到独属军人的那种庄重。

带着杨水才熟悉军队的人是连内的一个老兵，杨水才一开始并不认识这个人，他只是单纯地知道，这是个值得尊敬的老

杨水才光荣加入中国人民解放军

兵。

老兵比杨水才大十几岁，眉目间却比杨水才多了百倍的韧劲。他看着杨水才说："你这股劲，和我刚来的时候一模一样！"

杨水才一听便激动地问："长官，您是什么时候当的兵？"

老兵说："别叫我长官，那是国民党的称呼，我们的部队是人民解放军，大家互称同志。"

"同志！这个称呼好啊！很亲切！"杨水才微笑着说。

老兵点点头，沉默起来，他似乎在回忆着，脑海里过着一幕幕刚入伍的往事。那时日本还没侵略中国，中国人只是被压迫着，这头雄狮被一条条蛀虫压迫着。中国人不服气！有志青年站了出来，奋斗起来，和腐败的政治抗争起来。那时候的世界都认为中国外强中干，不堪一击。为有牺牲多壮志，敢教日月换新天。自从有了中国共产党，中国革命的面貌焕然一新，没人能想到就是这样的中国会再次站起来，会把那些日本人赶出我们的国家！

过往的一切就像泛黄的老照片，一帧一帧的，令人不自觉红了眼眶。

"我啊，1925 年就当了兵。"老兵揉了一下眼睛，回答了杨水才刚才的问话。

杨水才听了更是钦佩地说："那您一定特别厉害！就是像你们这样的人，才能打跑侵略者！"

老兵听了这话却摇头否定，他慢慢地说："我不是厉害的人，那些在战斗中付出生命的才是真正厉害的人。他们不畏强敌，不惧挑战，不怕死亡。他们虽然离开了这人世，却永远活在我们的心中，永远成了中华民族的勇士！ 他们才是真正厉害的人！"

杨水才低下了头，似乎是在缅怀那些已经牺牲了的勇士。

过了一会儿，杨水才继续问："同志，您是几几年生人？"

老兵反问杨水才："你是几几年生人？"

杨水才挠挠脑袋，笑着说："我啊，我才二十多，1925 年生人。"

老兵笑笑，说了一句令杨水才敬佩的话，"我都四十出头了，老了，比你大十多岁，1909 年生人。"

杨水才看着面前的老兵，看着他脸上的坚毅，看着他被岁月雕刻过的沧桑的面孔，他想象不到，眼前这个人才比自己大了十多岁。

"同志，在我的心里，您就是真正的勇士！"

老兵拍拍他的肩膀说："在这里的人，每个人都是勇士，你将来也是。"

杨水才点点头，他在心里默默说，我会与国家共存亡，我会是国家最忠诚的军人，我会尽我的全力护着国家的一草一木，我会见证我的国家一步步走向繁荣昌盛！ 国家需要我，我会为国家一直奋斗！

老兵往前走了两步，想着带杨水才去熟悉熟悉环境，回头一看，却发现杨水才呆愣在原地，他无奈地笑笑，喊了一句："新兵杨水才，跟上我！"

杨水才眉目一下坚毅起来，大声说："是！"

老兵带着杨水才来到了武器库。 说是武器库，其实只是个小型的备用装备库。

老兵看着张大嘴巴的杨水才，对他说："摸一摸，以后这就是你要用的武器了。"

杨水才点点头，嘴里说着"好的"，然后伸手就摸上了枪。

老兵看出了他的疑惑，语重心长地说："和你之前用的不一样……哎，也不知哪天能够解放啊！"

杨水才看着老兵，"同志，会有那一天的，您放心。抗战那么困难我们都坚持了下来，解放那天也近在眼前了！"

老兵像安慰自己一样，坚定地说："会的。这么多年没有回家了，也不知道家里人怎么样了！"

杨水才的眼睛一下子湿润了，他想到了父母，不知道他们的身体是否还好。

老兵看出来他的伤感，连忙转移话题，"来，研究一下你的枪吧！"

杨水才摸着枪，总感觉和自己之前用的枪不一样。他问："同志，这枪和我们之前用的枪有什么不同吗？我怎么感觉完全不一样。"

老兵还没来得及回答，杨水才接着又问："那共产党有多少兵，国民党又有多少兵？"

"咱们只有100多万，国民党却有400多万。不仅如此，日军还给蒋介石留下了1400艘军舰，美国还在背后援助蒋介石，国民党力量越发强大。"老兵叹了一口气，"这场解放战争，比抗日战争还要难打啊！"随即老兵又说："可是，我们不怕，我们有全国人民的支持，胜利一定属于我们！"

杨水才点点头说："对！"

说完，他摸着这些枪，摸着枪杆上的磨损划痕，心里想着，这是先烈们的光辉履历，应该永远被铭记！

"当了解放军之后，你会和以前一样，会有很多很多个感伤的时刻，你会看见与你同生死共患难的兄弟因为一颗子弹而永远离开你，而你却无能为力。到那个时候，生死离你很近、很近、很近，近到有可能下一天下一秒就会与你的朋友或者亲人阴阳两隔。我们理解每一个拒绝让自己的孩子参加到我们军队里的母亲，因为我们也知道世事无常，不是所有人都会载誉而归，更多的人是战死沙场。在家里，你是负责赚钱养家的人。在战场上，你只是一个士兵，一个随时都可能为国捐躯的士兵。"

杨水才端端正正地站着说："同志，解放军是为人民服务的，我要当一名真正的解放军战士，我要把自己交给国家，为国家做贡献，我不怕流汗，不怕流血，不怕牺牲！"

老兵满意地点点头，拍了拍他的肩膀说："杨水才，好样的，我果然没有看错人！"

这是杨水才第一次摸到解放军的枪，再一次感受到死亡，再一次感受到解放军的伟大，再一次坚定自己为国奉献的想法。

杨水才深知手中枪的分量和"肩负人民的希望"的光荣使命，在诉苦会上，他愤怒地控诉万恶的旧社会，下定决心为解放全中国而奋斗到底，不让他的家庭悲剧在更多人身上重演。他在日记中写道："我现在才知道自己要干什么了！我决心为解放全中国战斗到底，誓把自己的一生献给世界上最壮丽的事业，为人类的解放而斗争！"

这一天，天刚蒙蒙亮，连长就站在台上器宇轩昂地讲话，"就在几天前，我们的队伍又壮大了！我在这里，首先感谢相信解放军的勇士们，感谢你们相信解放军会胜利，会给人民带来福分！中国共产党没有精良的武器，没有充足的粮食，没有庞大的军队，我们的成功，都是因为广大农民群众和像你们一般的勇士的支持！我们忘不了你们！我们不能没了你们！"

连长在台上说得激动，听红了众多士兵的眼睛。

这时，连长下了台，整了队伍，带领大家去空旷的地方训练。

北平的土地是黄土地，表面平整，实则底下是坑洼的，在这个季节，地面上几乎没有绿色生命的存在。

连长看了一眼他的战士，他们的脸上有锐气，像磨不圆的石头一样，他说了声，"立正！通知你们一件事。"

杨水才看了看连长明显严肃了的表情，虽然感觉有些地方不对，但还是跟着大家一起站好。

连长说："你们很不幸，你们也很幸运。不幸的是，你们安宁的日子不会过多久就要再次面临战争。幸运的是，战争不会再无休止地打下去了！"连长折断了地上的一支小木棍儿，接着又说："但是，这场战争时间也许会很长，你们中可能还会有人失去自己的生命，与自己的家人自此阴阳两隔。但是，请你们记住，你们都是军人，都是英勇的战士。我不希望看见任何一个人在战场上逃走，因为死亡可敬，而逃兵可耻！站在这里，就请你们记住自己加入中国人民解放军的本心，为国家战斗，甚至是为国家而捐躯！"

杨水才一字一句地听着，等到连长说完，他大声喊道：
"为国家奋斗！ 为国家奋斗……"

　　一石激起千层浪，有了杨水才领头，其他的战士也开始喊起来。

　　"为国家奋斗"的声音在天空中飘荡着，一群白鸽向远方飞去！

　　几天后，杨水才风尘仆仆地回到他许昌的老家。

　　杨母看见杨水才回来，眼里顿时蓄满了泪水。 她不相信地问："儿子……是你吗？ 你还活着……"

　　杨水才看到母亲苍老的面容，也红了眼眶，"娘，是我，我回来看看你……"

　　杨母拉着他，"快来看看你爹，他这几天一直在念叨你！"

　　杨水才跟着母亲走进那间小小的卧室，看到父亲杨乾坤脸色蜡黄地躺在床上，旁边还坐着一个十来岁的孩子正在给他喂水。

　　杨母激动地对杨乾坤说："老头子，你看是谁回来了？ 是水才，我们的儿子回来了！"

　　杨乾坤激动地从床上坐了起来，"水才、水才，我的儿子，你还活着啊！"

　　此刻的杨水才再也忍不住悲伤的情绪。 他流着泪，快步上前，半跪在父亲床前，紧紧握住父亲枯骨一样的手说："爹，是我，我还活着、我还活着！"

　　杨乾坤顿时老泪纵横，"活着就好，活着就好！"随即又对一侧的小儿子杨水章说："水章，你哥回来了，快叫哥哥！"

　　　　　　　　　　　　　　小车不倒只管推

杨水章因为营养不良，长得瘦瘦弱弱的。 他似乎有点儿害羞，看了杨水才一眼又低下头去，小声叫道："哥哥，你回来了！"

杨水才擦干眼泪，起身抚摸一下父亲的脸，"是啊，我回来了！"

在五天前，连长宣布："同志们，如今渡江战役大获全胜，大部队正在前往长江以南的战场，上级首长决定，我们要乘胜追击。 咱们连队半月后就要出发了……"连长把手里的小木棍儿折得粉碎，他说："给你们十天的时间，都回老家去和自己的家人告个别吧。 丑话说在前头，打仗每天都会有人牺牲，每天都会有人受伤……所以，把这次和家人相处的机会，当成最后一次来珍惜吧！"

连长说得沉重，已经有人低下了头。

"散了吧……别忘了十天后还在这里集合。"

众人都是用最快的速度，从北平辗转返回自己的老家，见到家人那一刻，却都慢了下来……杨水才也是如此。

多年来，这个贫困的家庭第一次有了笑声，但这笑声里也充满心酸和无奈！

杨水才和父亲说了一会儿话，就把母亲拉到门口，低声问："我爹的病怎么样了？"

母亲叹气，"自从上次大病后，就时好时坏，现在只要有点发热头痛就得卧床，我也很担心他的身体，但是医生说没有什么好办法，只能这样养着……"

杨水才看着母亲清瘦的面孔，泪水又一次倾泻而出，"娘，难为您了，儿子对不起您……"他擦干眼泪，迟疑一下，"娘，我这次回来就是想看看你们……路途遥远，我停一天还要走，可能……可能还需要很长时间才能回来，也可能……也可能不回来了……"

"说什么胡话！"

杨母的声音盖过了杨水才的声音，可事实每一个人都清楚。他也许很难再看见自己的母亲，很难再回到这片土地上了。

"娘，给我做一碗面吧，我都五年没吃您做的面了，我想吃了！"

杨母背过身子，抹了一把眼泪，说了一句"好"就去做面了。

杨水才目送着母亲走向灶台，看着母亲微弯的脊背，鼻头又开始发酸了。

他看着自己那矮小的家，还有自己亲手用黄泥土垒起来的炕，他仍旧记得那是他第一次干这样的活，还记得母亲欣慰地笑了，她说养儿没白养，省去了雇人搭炕的钱。那时的杨水才怎么说，他说以后要好好孝顺她，要有很多很多的钱，要娶上一个好媳妇，给她生好几个胖孙子，让她享清福。

可如今，这些都成了没有盼头的事情。

杨母在灶台旁揉着面，这是家中仅有的半小碗白花花的面粉，是她一直不舍得吃的白面，她在盼大儿子能活着回来，用这点面为大儿子做上一碗白面条。以前她做面食都是用粗面——能吃上一点粗面就不容易了！这次做，她没有一点儿

小车不倒只管推

不舍得，她总觉得，这是最后一次给儿子做面了，要让儿子吃得香，要让儿子记住家乡的味道。

一个是将要目送儿行千里的老母亲，一个是胸有大志的青年。这碗面承载了太多太多无法用语言来表达的情感。

杨水才吃完了面，嘴唇上还沾有一点面丝。他抹了一下嘴对母亲说："娘，我们都曾经是受苦受难的老百姓，现在儿子出去是为老百姓奋斗的，是为了让老百姓过上好日子的。等战争结束了，每村每户的人家就都能吃饱饭，都能吃上白面了。娘，儿子不孝，不能给您养老，但是，共产党的军队不能没人，儿子以前也没什么大的志向，现在加入中国人民解放军，才懂这忠孝，可是忠孝不能两全是多么令人难受！娘……"

杨母终于止住眼泪，"儿子，娘想好了，我的儿子必须有出息。娘骄傲，真的，娘为你骄傲！"

"娘，我会努力，会让你骄傲的！"杨水才含泪说。

杨水才离开了自己的家。他在村前那条小路上时不时地回头眺望，他看到母亲和弟弟搀扶着父亲站在路口目送他，他的心顿时犹如刀绞！他挂念自己的家人，却更牵挂那解放全中国的战场。

四天后，回到连内，连长看见杨水才还处在伤心的状态，激励他说："男儿要像翱翔的鸟，是应该叫人羡慕的。"

杨水才点点头，不再惦记过去的种种，只想着未来。

他也要像鸟儿一样翱翔，像鸟儿一样展翅在这战场上拼命杀敌。

天然璞玉，需要时光的雕琢。

他们走了十几天，才走到了江南的战场。

杨水才一到这里，就觉得连长说的不是假话。他们这些战士，很有可能在第一次上战场的时候就有人牺牲。

战争也许下一秒就会重新开始，只要敌人不退，就没有放松的时候。连长带领的队伍已经分配好了武器，随时准备迎接战斗。

杨水才拿着步枪，腰上缠着六发子弹，眉目间的坚韧让连长欣慰。

突然，前方的红旗挥动起来，杨水才听见有人喊："对方偷袭了，大家进攻。"

先有一个排冲出去。杨水才看见的是什么呢？他看见每个人都不顾性命地进攻，只为国家，没错，他们只为国家。

连长站在高高的土堆上，对着他们这群初出茅庐的军人说："兄弟们，上吧！打得他们头破血流！"

底下的毛头小子都有冲劲儿，听见了这话更是激动，有些人甚至忘记了自己刚刚学会使用这种枪，还有一些新兵忘记了他们没有受过任何战场上的训练，他们此刻只记得他们需要去为人民群众而战斗。

杨水才在人群中和每个热血青年一样托着枪去击败敌人，他看见敌人拿着尖刀刺向自己的同伴，杨水才立刻开了一枪。敌人被击倒在地，他也被枪支的后坐力震到。

"水才哥，你也来当兵啊！"

杨水才埋伏在沙包后，只听见一个声音从左方传来——是他小时候的伙伴。

"杨鹏，快趴下！"

杨水才看见一颗子弹从对面飞过来，那一瞬间像被放慢了一百倍，他看见子弹射进了杨鹏的身体，看见杨鹏胸腔内的血喷涌而出，他是无能为力的。

"杨鹏！"

他冲过去抱住要倒下的杨鹏，然后慢慢把他扶到一边。杨水才捂住杨鹏的伤口，却阻止不住血流的速度。

"水才哥……我可能坚持不住了……你回去要告诉我爹娘……我……我杀了三个敌人呢……你……你一定要对他们说啊……我没有给他们丢人……"

杨水才紧紧地抱住杨鹏，"你别说话，我带你去找人包扎，这些话你要亲自对你爹娘说……"

杨水才话还没说完，就看见杨鹏的手无意识地滑落，他探了探杨鹏的鼻息，发现他已经没有气息了！

杨水才又一次感受到死亡离自己如此之近，前一秒人还好好地活着，下一秒就天人两隔了。

杨鹏的血流淌过战壕，杨水才看了一眼矗立着的红旗，他感觉红旗比以前更鲜艳了。

见证了杨鹏的死亡之后，杨水才更加拼命地奋勇杀敌。

战场上有这样一句话，新兵怕炮弹，老兵怕子弹。但现在的杨水才什么也不怕，他想为无数个像杨鹏一样惨死的同志报仇，想让人民群众不再忍受战争之苦，真正过上好日子。

他一路向前，子弹用完了就用尖刀，此时的杨水才没有给自己留一点退路。他看见有人拿枪瞄准了他的身体，然后他感觉到疼痛，感觉到子弹在体内炸裂开来。

他想，杨鹏死时就是这样痛苦吧，这样的难熬，这样的痛苦，所以他才放弃了生存的希望。

他感觉到自己失去意识了，身体失重，眼前变黑了，似乎有人用尖尖的东西触碰他的身体，有一点痛，但和挨子弹的痛比根本不算什么。

有人在叫他的名字，他可以听见却无力回应。他感觉自己的身体正在变冷，四肢逐渐僵硬，血液正在喷涌而出，他感觉自己就要空了！

"娘啊，儿子对不起您啊！"他在潜意识中好像看到母亲走了过来。

"杨水才！杨水才！"身旁的战友摸了摸他的鼻息，发现还有救，就命卫生员把他背了过去。

而此时的杨水才已经彻底失去意识了，他正在另一个若有若无的空间里。这个空间里有鲜花，有柳树，还有自己的母亲在做面食。连长坐在柳树下，穿着背心在乘凉。

他对母亲说："娘，您怎么也来了，这儿太危险，您快回去。"

杨母指了指天空中飘扬的红旗说："你个傻小子，新中国成立了我怎么能不来看看？你看看，这红旗飘得多漂亮啊，这颜色多好看……"

那一刻，杨水才仍旧不知道这一切是真是假，但他还是满意地笑了。他也像很多很多的百姓一样，希望中国太平，希望中国越来越美好。

杨水才看着飘扬的红旗，看着红旗在天空中发出耀眼的光芒，看见百姓热烈的欢呼呐喊。是的，这一刻中国解放了，中国人民真正翻身做主人了。

就在这时，杨水才的眼前又是一片漆黑，他恍恍惚惚睁开眼，却看见了白色的顶篷与一名卫生员。

是的，根本没有红旗在飘扬，他们还在战场上，他们还要用生命去杀敌！

卫生员看见杨水才睁开了眼，立刻按住了他的肩膀。

"等一会儿，等我给你包扎好你再起来，然后在伤兵连里休息两天再上前线。"卫生员的手并不温柔，一下下按压着他的伤口。

"我不用去伤兵连，我现在就可以上阵杀敌！"

卫生员没有接他的话，只是继续替他包扎。

"像你这样的人我看得多了，你说你上去能干什么？我们的医疗用品很紧张，能救回你是你命大，你难道想上去给国民党当靶子吗？如果你真的想，那又何必浪费我们的药？"

杨水才被"教训"得一时说不出话来。他承认卫生员的说法是正确的，于是他说："可是这样……我无法在其他人拼命的时候眼睁睁看着，我真的……真的做不到……"

"既然你活下来了，那就好好地活着，这一场战役不会在今天就打完，你上战场也只能拖同志们的后腿，你如果想当这场战役的罪人，那你就去吧！"

杨水才没有了声音，半晌，他对卫生员说："绷带绑紧一点，这样好得快，你放心，我不怕疼。"

卫生员看了看他，他脸上有着泥土的痕迹，可一双眼睛又黑又亮，里面似乎全是对战争胜利的希望。

卫生员被他的激情感动，点点头说："好，那我用力了，你忍着点。"

杨水才会疼，可不会因为这疼痛而止住前进的脚步。 他要一直前进。

正午的阳光暖和明净，杨水才被送进了伤兵连，他抬头望着湛蓝如洗的天空，心想，如果没有战争，没有压迫，人们都快乐地生活在蓝天下该有多好啊！

这里的人伤情不同，伤势却都很严重，也很幸运，都是从鬼门关被人拉回来的。

杨水才没有心情在这里轻松地聊天，他把更多的时间放到了观看外面的战况上。 这一看不要紧，他发现一个规律。 原来，衣服上越脏的人越是英勇善战、经验丰富的。 因为衣服越脏说明在战场上的时间越长。 紧接着杨水才还发现这些经验丰富的对手一般都采取抱团的策略，从不落单，这也就大大增加了攻破的难度。

杨水才想了很久。 他在地上用树枝画了一个圆。 看着圆，他恍然大悟。

他不顾卫生员阻挡，冲了出去，对回来整队的连长说："连长，我有办法了，我有办法了。"

连长正忙得焦头烂额，也没空理会杨水才说的话，匆匆忙忙说："你赶快休息，快点养好身体。 现在就不要来浪费我的时间了。"

杨水才急了，"连长，你给我一点时间，让我把这个办法对你说说，你相信我！ 我真的想到了好办法！"

连长回过头，呼了一口气，"我警告你，你最好不是要说什么废话，要不然我让你再也上不了战场！ 现在说！"

杨水才笑了一下，急忙说："我已经想好了，就让我们经验最丰富的兵围成圆形，带上最多的弹药，把国民党那支最强的队伍围住射杀。 最强的没了，剩下的就不攻自破了。"

　　连长想了一会儿，然后笑了笑，"行啊杨水才，有脑子！"他回过头，叫来了三个人，把杨水才的意见说给他们听，还叫几个经验丰富的老兵去执行。

　　几个老兵拿好了武器，就对着那支国民党队伍进行围剿，杨水才在后方也是看得胆战心惊。

　　短短半小时，国民党那支精英队伍就被剿杀个一干二净，老兵们还要追杀，连长喊了一声："缴枪不杀，解放军优待俘虏！"

　　国民党的兵一开始听了这话是不信的，可当他们看到一个人扔下枪，解放军没有开枪，就都相信了。

　　这次战争赢了一个开门红，不仅击败了敌人，还缴获了大量的武器。

　　在接下来的湘赣战役、衡宝战役、广东战役、鄂西战役、广西战役、博白战役和海南岛战役中，杨水才跟着大部队，一路冲锋在前，奋勇杀敌。

　　他小时候家里太穷，天天吃不饱饭，身体状况并不是太好，加上连续艰苦的行军作战，他患上了肺结核。 在解放广东南澳岛的一次战斗中，他肺病发作，战友们都劝他休息，但他仍坚持不下火线，一鼓作气，勇追敌人80多里，直到战斗最后胜利。

　　在表彰大会上，杨水才受到了隆重表彰，这时候人们才得知原来杨水才负过重伤。

"杨水才是战斗英雄，值得被所有人歌颂，杨水才在解放江南的战斗中因为给出正确的作战建议立大功一次，因为团结队伍、一致对外的精神而立小功两次，他是真正的人民功臣，现在正式授予他'人民功臣'的称号。"一位首长站在台上高声说道。

杨水才激动地走到首长面前，看着首长在他的胸前别上勋章，接过立功证书。他不记得当时自己在台上讲了什么，但他永远知道，自己会一直为人民服务，做人民的功臣。

他会把这个称号放在心里，埋在心里，他会因为这个称号骄傲一辈子，但他不会因为有了这个荣誉称号而向组织提任何要求。

1949年10月1日，新中国成立了。这不只是一个政权代替另一个政权，而是一场中华民族历史上前所未有的社会大变革。中国人民从此摆脱压迫，真正成了国家和社会的主人，这是多么令人激动的事情啊！

战争结束了，部队给了杨水才半个月的假，让他回来看望一下老母病父。

那天中午阳光很好，和杨水才的那个梦有点相似。他搀扶父亲从外面回来，看见母亲已经做好了一碗面条。

事实上，当杨母看见杨水才回来时，心里不是不庆幸的。谁都知道，当了军人，那就是一脚踏进了鬼门关。杨水才能回来，是他的命大，是他的福气，她要感谢中国人民解放军，感谢共产党。

杨水才吃了一大口面条，笑嘻嘻地对母亲说："娘，你的手艺真好，这碗面还是像以前一样好吃！"

小车不倒只管推

杨水章看着杨水才说："我也爱吃娘做的面条！"

"你娘做饭就是好吃，我到现在也吃不够！"杨乾坤也高兴地附和儿子们。

杨母没有接小儿子和丈夫的话，却心疼地看着杨水才说："多吃点吧，都瘦了，之前脸上还有点肉的，这回就剩下骨头了。男儿丑女娃不爱，你不想让娘抱孙子了？"

杨水才哈哈一笑，杨母却抹起了眼泪。

杨乾坤不满，"你看你，儿子好不容易回来了，我们全家人也好不容易聚在一起，应该高兴才对啊！"

"我、我是高兴啊！可是一想到儿子受了那么多苦，就忍不住流泪啊！"

"娘，您也快吃，村里不是通知我们午饭后都去村内小广场学唱国歌庆祝中华人民共和国成立吗？对，听说今天下午三点毛主席还要在天安门城楼上讲话呢！"杨水才见母亲伤心，急忙转移话题。

杨母急忙擦干眼泪，"好好好，娘吃！"

一家人高高兴兴吃完中午饭，就来到村内的小广场上。广场上站满了群众，每个人的脸上都洋溢着笑容。

杨水才看着乡亲们幸福的神情，眼睛湿润了。他的思绪飘向了千里之外，似乎亲耳听到毛主席说"中华人民共和国中央人民政府成立了"这十六个字，仿佛亲眼看着五星红旗在湛蓝的天空上飘扬，看着百姓欢呼雀跃，看着毛主席在高高的天安门城楼上露出欣慰的微笑。杨水才想，他那个美丽的梦，还是成真了。自己的坚持没有白费，黑暗之后便是光明。未经黑暗，便看不到光明的可贵，他就是要一直奋斗，一直做人民的功臣！

　　黄昏的村庄里，杨水才一边看着落日一边笑。 暗淡的夕阳落在村镇西方，就像是国民党的嚣张已经到头；中国人受压迫受剥削的日子已经结束；他知道，太阳会在明天高高升起，霞光万道，普照大地，荡涤污泥浊水。

　　玉鉴琼田三万顷，着我扁舟一叶。

　　杨水才跌宕起伏的一生就这样拉开了帷幕！

第二章　立志要当百姓官

1950 年 11 月，许昌大地飘起了雪花。 雪花不大，落在地上成了一摊一摊的水，天气寒冷，一摊一摊的水瞬间就凝成了冰。

杨母和杨水章站在院子门口眺望，似乎下一秒杨水才就会出现在村口，激动地飞奔过来。

杨母和杨水章为什么会站在这里呢？ 这是因为他们前几日收到了杨水才的一封信……

就在上个月，杨水才的名字出现在复员军人名单中，他听到后一时接受不了，立刻去找了连长，说他的肺病不算什么，自己想一辈子留在军队，想一辈子为百姓打仗，想一辈子为百姓谋幸福。

其实连长知道杨水才年轻，有冲劲，有干劲，也不舍得让他离开部队，但还是说："听党的话，党叫干啥就干啥。"

杨水才不放弃，继续说："我来军队就没想过回去，连长，你把名额让给其他队员吧，我左边床位的黑子还想回家呢！"

连长坐下来，用水湿了湿棉布，"杨水才，你是不是以为回了家就不能为老百姓谋幸福，就不能当英雄了？"

杨水才一愣，用手挠挠头，心里想着连长怎么会知道他的想法。

"是啊……"

连长用湿了的棉布擦着枪说："杨水才，在战场上拿枪杀敌的是英雄，在百姓生活中为他们服务的也是英雄。战争结束了，考虑让一部分军人复员也是好意……"

杨水才不说话了，他在心里劝自己，都是为百姓着想，在哪里都没什么区别的。况且他在自己的村里也可以更好地为百姓谋福利。想到这些，杨水才茅塞顿开。

"连长，我知道了。"

连长也点点头，目光像看着自己的亲人一般，"回去看看家人吧，一年多没有回去了！"

午后的阳光暖暖的，杨水才静静地走在回营房的小路上，在阳光的照射下，他感觉身上充满无穷的力量，仰头望着天空，他无声地笑了。

"杨水才，你在看什么？"

听到背后一声浑厚的问话，杨水才急忙转身，他惊喜地发现是自己刚刚加入解放军时，带他熟悉情况的那名老兵。

"同志，您好啊！"杨水才紧紧地握住他的手，激动地说道。

一年多没见，再见似乎已经恍如隔世。那次分别后，杨水才再也没见到这名老兵，战争无情，他以为此生再也见不到这名曾经给他鼓励的伙伴了。

"听说你已经立功受奖了，你是好样的，是真的勇士，我果然没有看错你！"老兵微笑着说。

"谢谢您当初对我的鼓励！"杨水才真诚地说道。

老兵摆摆手，"我们都活了下来！"

"是啊！ 活着真好，我们看到了新中国的成立！"杨水才感叹道。

老兵高兴地说："是啊！ 新中国成立了！ 我也将要转业了！"

"您也要转业了？"杨水才问道。

"对。 战争结束了，我该回家看看了！"

"我也要转业了，也要回家了！"杨水才高兴地说。

老兵看了杨水才一眼，语重心长地说："有国才有家啊！ 没有国哪有家啊！ 有国我们才能回家啊！"

"有国才有家，有国才能回家！"杨水才重复着说道。

老兵微笑着说："能够回家是一件多么幸福的事情啊！ 杨水才同志你一定要珍惜啊！"

"的确很幸福，我一定会珍惜！"杨水才看着老兵，高兴地说。

老兵点点头，坚毅的目光中充满欣慰，他与杨水才握握手，转身离去。

杨水才看着老兵的背影，忽然大声问道："同志，我还不知道您的名字啊！"

老兵没有转身，只是向后扬了一下手说："名字只是个代号，不知道也罢！ 知道回家的路就行了！ 知道今后的路该怎么走就行了！ 离开了部队，我们的心不能变啊！"

"是啊！ 离开了部队，我们的心不能变啊！"杨水才内心很赞同老兵的话，在他心目中，老兵就是英雄，英雄从来都是不留名字、默默无闻的，中国就是有许多这样的英雄才能巍然屹立在世界的东方。 他佩服这样的人，他决心向这样的人学习。 望着那远去的高大身影，他郑重地敬了一个军礼。

宁静的夜晚，杨水才坐在营房的窗前正在给远在水道杨村的母亲写信，这才有了杨母这样焦急等待的目光。

写完信后，他抬头看着窗外，今夜的星空真美啊！ 月光朦胧，星光迷离，皎洁的月亮和那一眨一眨的星星让他感觉活在世上真好。 想到自己当初被抓壮丁时简直死的心都有，他不禁感叹，新中国成立前和成立后，真是冰火两重天啊！

一想到即将回到家乡，杨水才的心情还是非常兴奋，此刻老兵的那句话"知道回家的路就行了！ 知道今后的路该怎么走就行了！ 离开了部队，我们的心不能变啊！"又在他脑海中回荡，他沉思一会儿，拿起笔开始写日记，内心一个声音说："过去为了民族解放，我拿起枪杆，今天胜利了，建立了中华人民共和国，因为形势的发展，国家的需要，我要回到农村当好骨干，一定要把家乡的穷帽子摘掉。"

他全心全意为人民群众服务的决心在这一刻就下定了！

这个世界上只有两种人：一种人只为自己活着，是自私自利的人；另一种人就是为别人活着，是无私奉献的人。 大家往往都看不起第一种人，千百年来也都在歌颂赞美第二种人。 这第二种人也分为两类：一类是为亲人而活的人，他们心里装的大多是自己的家庭，只要父母亲人孩子平安幸福他就满足了；还有一类就是为大家而活的人，即为集体、为人民、为祖国、为人类、为世界而活的人，这一类人才是真正伟大的人，才是中国的脊梁，是人类的脊梁。为亲人而活，容易，很多人都是选择了这种活法；为大家而活，真正做到并不容易，需要有埋头苦干、拼命硬干的坚强信念和无私奉献的精神。

杨水才会成为一个什么样的人呢？

当时的交通不发达，走路是靠双脚。四个日夜过去了，杨水才见到了刻着"水道杨"字样的石碑。这三个字让他激动万分。

他是出走的少年，分别多年回到生他养他的地方。他是乡村的英雄，历经数个日夜才见到家乡的月亮。他是游子，千锤百炼之后有幸还能尝一口母亲做出的美味。这一刻的杨水才，五味杂陈的情绪迸发出来，像止不住的大坝水一样汹涌澎湃。

他一路小跑。他太想念自己的父母和弟弟了，这是他不想承认却又必须承认的事实。

"水才叔，你回来了！"一个十一二岁的孩子大喊，"我们村的杀敌英雄回来了！"

杨水才停下脚步，问那个小孩子："谁告诉你的？"

"没人告诉我，但是村里都传遍了，说杨水才是杀坏人的英雄！"

杨水才摸摸小孩子的头，从兜里掏出一块扁平的玻璃糖递给他。小孩子拿着玻璃糖高兴地走了。杨水才又继续向前走去。马上到家了，那个他梦中都在想念的家！

他的家没有太多变化，只是似乎没有以前那般寒酸了。他继续向里面走，走进温暖的小屋里，没走几步就看见了愣在那里的杨母。

杨母手里端着一瓢水。见到杨水才，水瓢蓦地脱手掉在地上，水洒了一地。

她用手掩住面："娘天天都在盼着你啊！你总算回来了！"

杨水才把水瓢捡起来说："娘，这回我是真回来了，不走了，不再离开您老人家了！从今天起，我照顾这个家，您老人家可以好好地休息一下了！"

杨母一直在不停地点头，激动得不知道如何是好。

而杨水才的心里也是有触动的，他在想连长说得没错，一个人在哪里都能发光发热。在部队里就照亮战友的心，在家乡就抚慰亲人与乡亲们的心，心中有担当，在哪里都是为国奉献。

杨水才回到家之后不再是战士杨水才，他只是一个父母的儿子。他会像其他的孩子一样帮母亲干活、跑腿，给父亲按摩，父亲生病卧床，他就背着父亲出来晒太阳，闲暇时教弟弟认字，给弟弟讲述解放军救人民大众于水火之中的真实故事。

岁月静好，杨水才也爱着这种平淡的生活。

但生活不会一直平淡下去。

自从新中国成立，中国的各个层面都在变化，旧思想逐步消除，新思想新风潮涌向大地。当然，许昌县水道杨村也不例外。

每个村都在成立村民自己的组织。这个组织优先考虑参加过解放战争的人员竞选相应职位。

杨水才原本是没想过的，但本着为人民服务的原则，他还是竞选了农会武装委员一职。

流程不太复杂，只是要把竞选书写好交上去，然后等大队党支部来决定。要是你的竞选书上什么都没有，说明就是落选了。如果你的竞选书上有一个鲜红的章印，那就说明你竞选成功了。

杨水才一开始是没有太多盼头的，他想着能当上最好，如果当不上也没什么可惜，大队会选出更为合适的人选。同样是为人民服务，没有什么攀比不攀比的。

水道杨村当过兵的本来就少，战场上死的死伤的伤，已经没有多少健全的军人，杨水才的竞选书很快就被盖上鲜红的章印批了下来。

这感觉真实又虚幻。农会武装委员，听起来是很神圣的职位。

他看着鲜艳的红章，快速起来对天空敬了一个礼，嘴里念念有词说："我不会辜负党对我的期望！我会为人民服务，我会尽我的全力让水道杨村的人过上好日子！"

村人知道农会武装委员是杨水才时，纷纷竖起了大拇指，谁都知道杨水才当过解放军，是个杀过坏人的英雄！这个农会武装委员非杨水才莫属！

村里的人都对杨水才心服口服，每每有人到了杨家的门口都要夸赞上一句说："杨家的媳妇把儿子养得真好，是个英雄嘞！"

杨母对于这样的评价不是不骄傲的。

当时新中国成立不久，反动势力还不时地拉拢腐蚀农会干部，少数群众没有主心骨，思想也不太稳定。

　　一天深夜，杨水才刚刚睡下，一个有劣迹的地主分子悄悄地摸到他窗外，低声说道："水才啊，你现在是干部了，不能成天光着脚，我心疼你，给你买了一双袜子。"

　　杨水才一听，非常恼怒，大声说："赶快拿走，谁稀罕你的东西！"

　　地主仍不死心，把袜子放在窗台上就走了。

　　第二天早上，杨水才发现窗台上有一双袜子，还有一些鸡蛋果子等东西。于是，他亲自拿着这些东西还了回去。停了一天，他了解到这个地主通过这种方式给农会其他干部也送了东西。

　　为了教育党员干部和群众，杨水才建议农会立即召开群众大会。会上，杨水才说："这些人现在给我们送鸡蛋果子！以前我们都快饿死了，怎没见他们发一点善心？他们这是黄鼠狼给鸡拜年——没安好心，乡亲们啊，这不是鸡蛋果子，这是毒药丸子！"

　　杨水才义正词严地揭露地主恶霸的丑恶嘴脸，使大家认清这些人拉拢腐蚀干部的险恶用心。从此，一些地主不敢再捣乱，农会各项工作也都在有条不紊地顺利开展。

　　又是一些日子的冷风吹过，转眼快到春节。家家张罗着贴对联、点灯笼，村子成了一片红色的海洋。一顿年夜饭，横跨着两个年头。春节，表达的是一份吉祥，品味的是一种团圆。家人团聚，走街串户，行行拜年礼，说说祝福话。杨家也是一样的。

　　　　　　　　　　　　　小车不倒只管推

杨母拿出了红彤彤的衣服早早地换上，杨乾坤和两个儿子看着笑了，杨水才现在才知道，女人再老也有一颗爱美的心，总要借着节日来打扮一下自己。

"你看娘扎哪个颜色的围巾好看？"

"红的吧，喜庆一点。"杨水章笑着说。

杨水才和杨水章也戴了红彤彤的帽子，那帽子，像一个圆鼓鼓的灯笼。

"没想到我们家还能过一个团聚年！"父亲杨乾坤眉眼全是笑意。

这是春节前两天，村民都沉浸在节日的喜悦中。

就在这天，寒风中远远走过来一个人，站在村内小广场里面一个堆得高高的草垛上，拿着喇叭大声喊："出来了，出来了！有个通知要给大家念一下了！"

有人趴在窗户前呼了一口气，才看清了那个人的样子："啊，是支部书记啊，穿严实点出去吧，这是上面又下达指令了。"

有了一个人出去，就有第二人向外走。转眼间，那个站着水道杨党支部书记的草垛下站满了人。人群中当然也有杨母和杨水才。

支部书记叫杨清明，是一个读书人，有知识有文化，深得村里百姓信任。

杨清明扫了一眼，感觉人到得差不多了，又拿出他的大喇叭，"各位安静！"

杨清明先喊了一声，底下顿时鸦雀无声。

"和大家说个事，挺重要的事。上级领导在前段时间给我寄了一封信，今天才到的。 内容我就不给大家念了，天也怪冷的。"杨清明拿出信来，可以看见他的手指已经被冻红，他看了一眼，然后收起来。

"信上大致是说，国家决定实行互助合作。 这是试行的，是一个草案，也可以说是先搞一个实验，正式文件还没下发，机构分成几个组长来带领，这个组长呢，也是国家根据村里人员以往的表现以及经验选出的。"

杨清明把手缩起来，只拿出信纸，一个一个人名地念着。

互助组长一共五个名额，其中一个是杨水才。

"我的儿子出息了。"

"娘，只要为百姓做事的都是有出息的人！"

杨母欣慰地点点头，觉得眼前的杨水才像是成长了十岁。他不再像小时候任性，他学会真正的奉献了。

这个冬天，水道杨村的村民都过得十分充实。 没有战争，没有压迫，没有剥削。 有的只是欢声笑语，是亲人之间的温暖陪伴。 他们不再害怕日子被打扰，不再害怕家里会突然闯进拿着枪或者长矛的敌人。 他们不用再像做贼一般躲躲藏藏，把家门锁个严实。

他们可以放心地把大门打开，可以放心地吃一顿年夜饭。似乎从此令人害怕的只有疯犬，再也没有恶人了。

村子里不再充斥着恐惧的情绪，而是一片宁静祥和。

阳光热烈时，村里的妇女会出来在柳树下唠唠家常，干活的男人也会抽出时间一起到河里捞上几条肥美的鱼；老人眯着眼睛下棋，孩童们一群一群地追着跑。

这样梦幻的场景，终于在战争结束、中华人民共和国成立

　　　　　　　　　　　　　小车不倒只管推

之后实现了。

但是，成立互助组并不是那么容易，村民的思想工作也并不是那么好做！杨水才走东家、串西家，宣传党的政策，但村民还是存在观望心理。于是他和老贫农岳石头等十户率先成立了水道杨第一个互助小组。

刚成立不久，就有三户退了出来，组里缺少牲畜和农具，杨水才就带领大家拉车送粪，一些人围观讥笑他们，又有两户想要退出，杨水才就鼓励他们说："他们越是讥笑我们，我们就越要把互助组办好，卖了孩子买合笼，不蒸馒头蒸（争）口气，只要我们取得成效，大伙都会加入的！"

杨水才带领大家埋头苦干，还真是取得一些成效，有几户人家在重要的日子还能吃上一点白面，这是大家没有想到的。

这一天下午，杨水才从大队忙完工作，走在回家的路上，忽然看到路两旁的杨柳掉了些许的树叶，杨水才把发黄的树叶用脚顺到一旁，看到这落叶，他突然意识到，今天是母亲的生日。

水道杨村上的人信这个说头，生辰不用隆重，吃上一碗面就能长命百岁。母亲这些年太苦了，杨水才决定给她一个惊喜！于是他决定瞒着母亲给她做一碗面条，寓意着长命百岁。

杨水才想的虽然好，实施起来却是困难的。他不会控制面与水的比例，也不会擀面条。但他又想起村子上的每个妇人都会做面，于是没了焦虑。

他去请了邻居岳嫂来，虚心向她请教。

团结互助永向前

岳嫂教他和面、切面，又教他煮面。做时岳嫂问了他一句："不混点粗面吗？"

杨水才摇摇头说："不了，想让我娘吃点好的。"

岳嫂说了一句孝顺，就专心教他了，杨水才学得也快，一碗面很快就做好了。

杨水才一再感谢，恭恭敬敬送岳嫂离开。

岳嫂走三步要夸两句，"你娘有福气了。"

"得了，别送了，快回去吧。都是邻居，离得也不远。"

杨水才一看就要到岳嫂的家了，便说："岳嫂，那我就回去了，今天麻烦你了。"

"说什么麻烦不麻烦的，我闲着也是闲着。"

两人又客套一阵，杨水才才回了自己的家。

杨母去换小米了，折腾了一下午。傍晚一回来刚想去烧水煮米，就看见桌子上摆着一碗面，上面还盖着一个荷包蛋，正想问杨水才是怎么回事，杨水才和杨水章兄弟二人卡着时间进来，杨水才说："娘，您就吃吧，吃了会长命百岁。"

杨母红了眼眶，"都说女儿是小棉袄，在我看来，我的儿子们不比女儿差！"

"娘，快吃吧，面都要凉了，这是我哥专门为您做的！"杨水章高兴地说。

"好，娘吃。"

杨水才发自内心地孝敬母亲，却不知村里的谣言已经把他说成了另一种人。

原来是那一天，岳嫂都踏进自己家的门槛了，听见对面的妇人来求一截线。

岳嫂热情，立刻在屋里给她找了一根。谁想那妇人看见岳嫂衣襟上的面粉就好奇，问怎么回事，岳嫂只回答是教杨水才做了一碗面，原本没什么的，可岳嫂无意地说了一句"一点粗面没掺呢，老太太真是好福气"。

说者无意，听者有心。那妇人可把这话放在了心上，回到家里之后又大肆地宣扬起来，内容无非是"杨水才拿了公款自己享福"之类的话。

好事不出门，坏事传千里。一开始只是小范围地传，后来慢慢传到了大队党支部书记杨清明的耳朵里，但他什么也没说，因为他相信杨水才！

第二天杨水才才知道事情的经过。

杨母劝他冷静，不用理这些谣言，清者自清！但他听不进去，他不想被污蔑，他想当个好干部，不想成为村民口中的贪官坏人。

杨水才现在正处于血气方刚之时，再怎么成长磨炼，还是个有锐气的人。于是他借来了杨清明的喇叭，站在小广场里面的草垛上声嘶力竭地喊："乡亲们，都听我说一句！"

慢慢地，有人走过来了，他们看见杨水才的眼眶微微发红，那是他们眼中陌生的杨水才。

渐渐地，几乎全村的人都走过来了。杨水才看着人多了才继续说："我先说一句话，乡亲们，请你们相信我，我绝对没有贪污！绝对没有动属于这个村子的一分钱！当我第一次上战场，第一次看见有人死在我面前，第一次感受到百姓的日子难过之后，我就下定了决心要帮老百姓过上好日子。我当上了农会武装委员，全村的小伙子都学会了有技巧地防守进

　　　　　　　　　　　小车不倒只管推

攻；我当上互助小组组长，组里的几户人家也都有了点白面吃。以后，我会想尽一切办法，争取让大家都吃上白面！我是真的为你们着想！如果我真拿了村里的钱，不用你们谴责我，我自己都会感觉羞愧。自从上次拒绝了地主的糖衣炮弹，我就发过誓，一生要拒腐蚀永不沾……"

"好一句拒腐蚀永不沾！"杨清明站在旁边，心中暗暗赞道。

草垛上面的杨水才在激动地讲话，下面的人也开始面面相觑，开始怀疑谣言的真实性。因为事实确实像杨水才说的那样，现在，村里的确更安全了，村民日子比原先好了。

跟杨水才一起学习防身技巧的小伙子在底下喊："水才哥分明是为我们着想，水才哥是好官！"

"对，杨水才是好官，是我们能依靠的'铁柱子'！"

"对！是铁柱子！"

下面的声音越来越响，上面的杨水才什么也说不出来了，他只是深深地鞠躬，在心里默念了许多遍谢谢。

谢谢，谢谢你们信任我。

杨水才的努力毕竟也被水道杨村的村民看在眼里，这件事情也被所有人都当成一个小插曲翻过去了。

从那以后，对于杨水才的评价只有"好官"，再也没有"贪污"。

时光在安宁的年代总是过得很快，两年时间，见过七百多次日出与日落，见过春花秋月，见过繁花盛开与衰败。

在杨水才的努力下，村子虽然没有大富大贵，但每个人都可以吃饱饭了。他们圆了温饱的梦想，日子不再难熬，每个人的脸上洋溢的都是快乐与幸福。

1953 年 2 月，是个不宁静的月份。 在这以前，中共中央就曾以草案形式发给各级党委试行的《关于农业生产互助合作的决议》，各级党委作了个别修改，通过为正式决议。

《关于农业生产互助合作的决议》正式通过以后，全国各地开始普遍试办社会主义性质的初级农业生产合作社。

水道杨村也不例外。

杨水才虽然没有太多文化，却也明白这是能推进农业发展的，是对村民有益的好事情。

他当天就发布了这个通知，用村里喇叭朗读了这项决议，怕村民可能会听不懂，就把具体的意思给村民重复了一遍。

通知下达第一天，他原本以为会是万人空巷的热闹状况，可没想到，连一个找他了解情况的人都没有。

杨水才在村里的道上走，可还是没有一个人问他相关的事情。 杨水才自己安慰自己，也许是因为村民要和家里人商量后才会来问，他告诉自己不要着急，慢慢来。

就这样，杨水才盼星星盼月亮地过了两天，没想到依旧是一个来咨询的人都没有。

杨水才开始怀疑村民忘记了他这个通知。 他拿起大喇叭重新讲了一遍，结果仍然是一样的。

依旧是无人响应。

黄昏，杨水才一个人站在村口，看夕阳斜过，云霞漫天，他感到了孤独，一种从来没有过的孤独。

杨水才心情沉闷地吃了一顿饭，他忍不住问自己的父母：

"爹、娘，如果上级决定成立农业生产互助合作小组，你

　　　　　　　　　　　　　　小车不倒只管推

想不想参加？"

杨乾坤问："什么是农业生产互助合作小组？"

杨水才挠挠脑袋说："之前不是有互助小组吗？ 这个农业互助小组和那个性质差不多，但只是针对农业方面的。"

杨母说："要是我啊，我可能不想参加！"

杨水才一脸疑惑："为什么呢？ 参加了，农业肯定会发展上去啊，只会进步的。"

杨母夹了一筷子菜，慢悠悠地说："你想啊，这村民才过了多长时间的好日子？"

"刚刚一年。"

"就是啊，才过了一年的好日子，就要把好日子当成筹码押出去，你会愿意吗？ 儿子，咱们都是穷人，咱们都穷怕了，才过了几天温饱日子，谁都不敢说放手就放手。"

"这个……这个应该会让村民更富裕。"

杨母安慰似的笑笑，"你看，你都不确定了，你也不确定这个毫无风险，你也无法承担这事的后果吧？"

杨水才低下头夹了一大口菜，嘴里说："我不管，对大家好的，我都要试一试。 要是真的亏了，那我就自己承担后果！"

杨母看着倔强的杨水才，又心疼又骄傲，但她最终还是一笑说："你做什么我都支持你，因为我知道，你是真心实意为村民着想的。"

杨水才低下了头，他想，如果没有人参加，那他就一户一户地找，他要叫百姓相信他，要叫百姓相信党的政策。

"娘，这些天我天天学习毛主席著作，毛主席教导我们要学会做群众的思想工作，我想好了，他们不登门来找我，那我就登门去找他们，总会有人相信共产党的决策。只要有一部分人相信了、实施了，看见结果，其他人就会相信了。"杨水才顿了一顿，"他们都信了，都参加到农业互助小组里，整个水道杨村就会好起来，就没人担心一日三餐的问题了。"

杨乾坤点点头说："儿子，爹也支持你，我们都是从旧社会走来的，那些日子简直不敢回想，现在有共产党的领导，已经没有任何恶人敢欺负我们了，这要感谢共产党啊！所以我们拼了命也要把党的政策落实好！"老人说完又剧烈地咳嗽起来。

杨水才急忙给父亲拍拍后背。杨母对杨乾坤说："你就别说话了，一说到过去你就激动！"

杨乾坤缓过劲来，"能不激动吗？想到饿死的父母，想到饿死的儿子，想到被人贩子带走的两个女儿，我是死的心都有了！"

"不要再说这话了，好在大儿子回来了，大女儿现在日子也好过了，小儿子也很听话孝顺，你的身体也比先前好多了，我们还有什么不满足的呢？"杨母怕杨乾坤一激动再犯病，急忙安慰他说。

杨乾坤也怕妻子难受，强忍心痛，面带微笑说："是啊！满足、满足，这一切都要感谢新中国、感谢共产党！儿子，好好干，不说空话大话，要干实事好事！"

杨水才点点头，"爹、娘，请放心，儿子不是光口头说说！"

事实上，杨水才确实不是光口头说说，他在说出这番话的下午就付诸了行动。

杨水才要说服的第一个人，是和他同处一个互助小组的邻居岳哥。 岳哥在他的小组帮助下，孩子也不再面黄肌瘦了。杨水才相信，只要他解释清楚，岳哥一定会成为农业互助合作小组的一员。

杨水才在饭后便来到了岳哥的家里。 岳哥家房子不是很大，和杨水才家差不多。

杨水才坐在了椅子上，看着岳哥家里脸色不再蜡黄的小娃娃，沉默一会儿才开口说："岳哥，那个农业互助合作小组你不参加吗？"

岳哥听杨水才这么说，立刻叹了口气说："水才啊，我是真不敢啊……"

杨水才恍然大悟，原来真的像母亲说的那样，大家不是不配合，而是真的害怕，害怕来之不易的好日子被破坏。 他的心里顿时像被蚂蚁爬过一样酸楚，是的，村民们还是不够富裕，还是不够懂得发展的重要。

杨水才觉得是自己的工作做得不够到位，才让村民们在担心中过日子。

杨水才喘了一口气说："岳哥，你别担心，你看，当时的互助咱们不也获得胜利了嘛！ 当初的咱们可是连饭都吃不饱啊……"

岳哥苦笑了一下说："水才啊，不一样的……是不一样的……当时是太穷了，没办法了……没办法的时候谁都想搏一搏的，哪怕没用也想拼一拼的……这样的话，拼赢了就赚到了，不赢也没关系，反正也没什么可输的……不一样的啊……

是不一样的。"

"岳哥，当时穷，现在刚能吃饱，我知道你有顾虑，但你想没想过，结果很有可能也是一样的啊……"

岳哥摇摇头说："水才啊……中国人就是这样的，我更是这样的……我喜欢把已经有的东西拿在手里，而不是去交换另一件东西……你也看见了，我有孩子，有媳妇，还有老人。我要养这么多人……我不敢冒这个险啊……"

杨水才看出了岳哥的无奈，也懂得岳哥的无奈。最后他说："岳哥，我知道了。你放心，既然你真的不愿意，那我就不强迫你了。我知道没人愿意当第一个吃螃蟹的人，所以我也理解你。"杨水才顿了一顿，"那就先这样吧。岳哥，我先走了。"

岳哥看着杨水才的背影，略显心酸。他知道这个年轻人干劲十足，也知道他不会害大家，但毕竟一家人的重担都在他肩上，他不敢冒险的……

杨水才离开了岳哥家，他深深知道了村民们的无奈。

杨水才要劝说的第二个对象，是大队党支部书记杨清明。

他去的时候，杨清明正在屋檐下的藤椅上悠闲地坐着。头藏在领子里，身体沐浴着阳光。

杨水才轻轻地叫了一声："杨书记。"

杨清明慢慢睁开眼，却不见眼里的困倦，有的只是清澈，他微笑着说："来了啊！快坐吧！"说完在左侧拿了一张小马扎递给杨水才，示意他坐下。

杨水才坐下说："那个农业互助合作小组，您想参加吗？"

杨清明轻轻地摇摇头，然后慢慢开口说："刚过了几天安稳日子，猛地一变，怕群众不好接受，我自己心里也没底。我就不凑热闹了吧！"

杨清明说得云淡风轻，杨水才也听出他的态度和岳哥的态度完全不一样。杨清明是心里没底，而岳哥面对的是生活的压力。

杨水才想了一会儿说："要不您就试试吧……"

杨清明哈哈一笑问道："村里没人参加吗？"

杨水才无力地点点头说："村里人都是一样的思想，他们怕满盘皆输，都想握住自己手里现存的。哪怕他们曾经成功过，他们也把那些当成幸运，不把它当成正确的纲领……"

杨清明眯了眯眼说："也是啊……你难道不知道安稳有多么来之不易吗？"

杨水才瞪大了眼睛说："我当然知道了！我当解放军时天天盼着我们能够大获全胜，因为我知道我们获胜了百姓就能过上安稳的日子！我们中国人民解放军牺牲了多少人才换来今天的安稳！"

"所以你更知道安稳有多么来之不易啊！"杨清明叹气道。

"知道！"

"那我现在反问你，你愿意再用一场战争去换得更多的属于百姓的安稳吗？"

杨水才被问得呆愣了，他没有想过这个问题。如今杨清明这么问，他想，他一定不愿意。因为下一场战争胜负未定，百姓的安稳就变成了不稳定的因素。虽然他坚信共产党的英明，但他决定不了战争的"天时地利人和"！

杨清明又将眼睛轻轻闭上说："你看，你都不愿意。"

这句"你都不愿意"，杨清明用轻飘飘的口吻说得沉重，这句话，重重地砸在了杨水才的心上。

杨清明接着说："你不愿意，解放军就把武器拿给你看。同样的道理，他们不愿意，你就把农业互助合作小组的效果拿给他们看看……万事开头难，熬完了开头，剩下的就好解决了。"

杨水才猛地站起来说："我明白了！"

他转头就走，走到门口突然又折回来。

杨清明疑惑地看着他，"你怎么又回来了？"

杨水才憨厚地一笑问："我就想问问您，您想参加这个农业互助合作小组吗？"

杨清明听了之后"哈哈"笑了，然后说："你都这么说了我能不参加嘛，当然支持你了，你会是大队里的好干部，好好干！"

杨水才点点头，眉目里都是正气。

只要大队干部出于公心，代表群众的利益，群众就会支持！民意代表了一切。干部和群众是鱼水关系，谁也离不开谁。没有水，鱼活不了，可如果没有鱼，水也只是一塘死水。懂得这个辩证法，才能做好工作，才能做群众的带头人。

杨水才明白这个道理，他离开了杨清明的家，把第三个目标定在了杨鹏的家里。

杨鹏不仅是他小时候的朋友，更是他的战友，是和他共患难的战友！

杨鹏的家略显简陋。杨水才进门就看见了杨鹏的父亲在

小车不倒只管推

捡院子里的碎枝杈。

杨水才一边帮他拾着，一边说："叔……"

杨父这才察觉杨水才的到来，抬起腰说："水才来了啊。"他的眼弯成一道月牙。

杨水才捡起最后一个枝杈，"叔，我来是有事求您的。"

杨父又笑了笑说："你能求我什么呢，我这可是什么都没有啊！"

杨水才把杨父怀里的枝杈拢进自己的怀里说："我说的这个事，您一定能帮上我！"

"你说吧。"

"那个农业互助合作小组，叔，您听说了吗？"

杨父想了一想，然后说："听说了。"接着恍然大悟，"你是想让我参加吧！"

杨水才赶忙点点头。谁知道杨父却摇摇头，"我参加了是拖后腿，是坏你们的好事，我就不参加了。"

杨水才一听这话，赶紧说："叔，怎么能叫拖后腿呢，这叫一起发展啊！"

杨父接过杨水才怀里的枝杈说："我们家什么都没有，怎么做贡献？怎么一起发展？我要是去了，是要被人嫌弃的。"

杨水才立刻摇头说："叔，您别担心，只要您参加了，就不会有人说您拖后腿！"

杨父释怀地笑笑，最后点点头。杨水才见他点头了，恨不得原地跳上两跳，他飞快地走出杨父的院子，然后又像想起了什么事情一样又跑回去对着杨父的耳朵说了一句话。

杨父的表情一直是笑着的，直到杨水才说完了那句话，杨父的眼立刻红了。

杨水才转头走了，杨父对他说："水才！"杨水才回了头，他听见杨父说："你会是个好干部！"

杨水才感激地点点头，然后继续向前走。

没有人知道杨父会因为杨水才在他的耳边说了"我一直没敢和你说，杨鹏叫我告诉你，他说他杀了三个敌人！"这句话而湿了眼眶。

杨水才回到家里，拿出自己的四十万（旧币）复员费对父母和弟弟说："爹、娘，水章，这是我的复员费，我准备把它捐给将要成立的互助组，你们可有意见？"

父母和弟弟都愣愣地看着他，已经长成大小伙子的弟弟杨水章首先开口，"大哥，这是你用命换来的啊！况且你身体也患了病，还是你自己留着，以防万一吧！"

"你弟弟说得有道理！"杨乾坤沉默一会儿，赞同了小儿子的想法。

杨水才看向母亲，目光中似乎带有一丝请求，他在请求母亲赞同自己的想法！

母亲躲开杨水才的目光，沉默一会儿终于开口，"水才，娘知道你的想法，娘也想支持你的想法，可是你也老大不小了，娘更想让你用这钱娶妻生子！"

杨水才听完父母和弟弟的建议，眼睛看向了小窗外。外面的一番天地需要一个什么样的人打拼啊！一个活着为自己、事事怕吃亏的人怎么能带领人民群众过上好日子啊！不能有私心，对，没有私心，才能勇敢地带领人民群众去打

小车不倒只管推

拼！

想到这儿，他平静地看着父母和弟弟说："爹、娘，水章，我知道你们都是为我好，可我们都是从苦日子穷日子过来的，是共产党挽救了我们，我们现在有一点能力为党为人民群众做点事情是我们的荣幸啊！学习白求恩，方便给别人。群众利益在前，个人得失在后，我们不能做一个自私的人，我们要做一个无私的人啊！"

杨乾坤抬头看着杨水才点点头，"水才说得对，我们不能做自私的人，我们在旧社会差一点死掉，现在日子好过点，这都是托共产党的福。我支持你！"

"好吧！只要你认为是正确的，娘永远支持你！"杨母微笑着说道。

杨水才看向弟弟，"水章，你呢？"

"爹娘都同意，我也没有啥意见，我支持大哥的决定！"杨水章也表态说。

人性光辉中最温暖、最美丽、最让人感动的就是善良，多么善良无私的一家人啊！

杨水才感动得差一点掉下眼泪，他紧紧地握住父母的手，内心犹如春天般温暖！

夜晚的水道杨村是寂静的，风吹动着天上的云朵与星星。而杨水才再次站在草垛上，一手拿着喇叭，一手拿着毛主席著作，对着整个村庄说："我愿意以身作则，把自己的四十万元复员费作为农业互助合作小组里的活动经费。请大家相信党的政策！请大家相信我！"

杨水才的眼睛被月亮照耀着显得十分明亮，里面写满了坚毅，他继续说："我知道有一部分村民不是不相信党的政策，而是想保护自己来之不易的安稳！ 我也知道有一部分村民是怕参加之后拖了小组的后腿！ 但是我想说，我是这个农业互助合作小组的组长，如果大家在这个小组里日子过得更加安稳，就算是达到了我们的初衷！ 如果过得不如以前安稳，那么有我的四十万元复员费来全额支撑，怎么说你们也是不亏的！"

人生中很多事情就是如此，当你用强硬的手段迫使别人和你一起做什么时，你所得到的，很可能是别人同样强硬的反抗；但如果你以友善的态度无私地付出，别人往往也会报以怀有善意的态度和大力的支持。

大家都被杨水才的无私精神感动了，没等他说完，村民就踊跃地举手参加。

夜色中，一个声音萦绕在杨水才耳边："我们不是因为你的四十万才参加的农业互助小组，而是因为你来参加的！ 你是一个好干部，是我们老百姓的好官，一直都是！"

杨水才的心怦怦地跳，他第一次深深感觉到，助人是一件非常快乐的事情！

有诗言道："吾家洗砚池头树，个个花开淡墨痕。 不要人夸好颜色，只留清气满乾坤。"

大抵就是说的杨水才这样的人吧！

小车不倒只管推

第三章　一心为民分忧难

　　1956 年是一个令人激动的特殊年份。 在这一年，社会主义改造基本完成，社会主义制度也最终建立。

　　这一年，杨水才加入了中国共产党，他成为一名真正的共产党员。 此时还不知道消息的杨水才还在水道杨村带领着大家接受粮食生产的理论知识，他还特意从许昌县城请来了专家。 村民们虽然对生产有经验，但在天灾人祸面前却无能为力，特别是在遇到干旱之时。

　　专家就负责教给他们怎么把灾难带来的损失最小化，免遭颗粒无收的惨剧。

　　村民也都听着，时不时还会问专家相关的问题和不理解的地方。 专家也会细心解答。 专家和所有善良的人一样，热爱着纯朴的村民，热爱水道杨村的人民的一切。

　　科普教育宣传结束之后，虽然专家说不在村里停留，但杨水才还是要在自己家招待专家。

"不不不，这太麻烦了，我一会儿就直接回去了。"

杨水才拉住他的胳膊，"歇一会儿吧！ 先去我家里暖一暖，寒冬腊月的。"

专家也确实感觉手脚冻得冰凉，不再坚持了，微笑着说："好吧，杨水才同志，真的麻烦你了。"

杨水才憨厚一笑说："哈哈，没有什么麻烦的，我家人少，巴不得热闹一点呢！"

专家听他这么说，心里也没什么负担了，他也是怕自己的到来给村民带来压力。

"那我就不客气了。"

"这边来，我家离这儿不远！"

两人一边搓着手一边走向家里。

到了杨家，专家先围着炉子烤一下手，然后和杨水才搭话，"水才，你是哪年参的军啊？"

杨水才给他倒了一杯水，"我啊，我 1944 年就参军了，只不过是 1949 年才成了解放军。"

专家接过水，抿了一口说："当了兵的人都是伟大的。"

"只要为人民群众做实事都是伟大的！"杨水才笑道。

"水才，你的境界很高啊……"

两人说着话，突然外面有了敲门声。 专家站起来说："水才，谢谢你的招待，你先忙吧，我就先回去了！"

杨水才也站起来说："还是要谢谢你教给乡亲们这么多实用的理论知识！"

杨水才说完便开了门，看见杨清明一个人站在门口。

"你有客人？"杨清明看着杨水才笑嘻嘻地问道。

杨水才连忙向杨清明介绍了专家，杨清明也向专家表示了感谢之情，三人又寒暄了一阵，专家向两人告辞而去。

　　专家刚走，杨清明拍了拍杨水才的肩膀说："水才同志，恭喜你，你即将成为中国共产党党员，下午我们召开大队党支部会议宣布一下啊！"

　　"啊！"

　　杨水才又惊又喜。他的入党申请书早早就交了，杨清明和另外两名同志是他的入党介绍人，一年多前公社党委也派人过来考察了他，他记得是考察后一个月就宣布他为预备党员，今年，就在今天，他将要成为一名真正的共产党党员了！

　　杨水才恭恭敬敬地向杨清明敬了一个标准的军礼。

　　杨清明哈哈一笑："好样的！我最喜欢解放军的军礼，威武大气！"

　　杨水才成了一名中国共产党党员，成了他心里最希望成为的人。他闭上眼，似乎看到了天安门的升旗仪式。

　　他庆幸自己是中国人，庆幸自己曾经是军人，庆幸自己是伟大的中国共产党党员。

　　杨水才的胸前别着党徽。党徽小小的，但杨水才却觉得身上的责任更加重大！

　　一年有春夏秋冬，就像生活有酸甜苦辣。杨水才成为党员之后，干劲更足了，他更加认真地学习毛主席著作，贯彻党的思想观念，坚持为人民服务的思想，带领着水道杨村的村民们在生产上更上一层楼。

　　然而，今年还有一件令他心痛万分的事情，就是他一生多难的父亲离开了人世，母亲哭得死去活来，几次昏倒。

父亲临终前，脑子还是很清醒的，从外村赶来的大女儿趴到他耳边说："爹，您睁开眼看看，我带着您外孙来看您了！"

　　杨乾坤真的睁开眼睛，看着女儿，他忽然流泪了，喃喃说："妮，爹、对不起你，不该让你去当童养媳！"

　　女儿摇头，"爹，事情都过去了，我一点也不怨您，我现在过得很好，孩子他爹对我也很好！"说着她把孩子拉到杨乾坤床边对他说："乖，快叫姥爷！"

　　孩子高声叫："姥爷，您快点好起来，我还想听您给我讲故事啊！"

　　杨乾坤叹气，"那都是陈年往事了，有啥好听的啊！"

　　"可是，可是我最喜欢听！"孩子坚持自己的想法。

　　"好、好，姥爷病好了就讲给你听！　你先出去玩一会儿，姥爷和你姥娘舅舅他们说一会儿话！"杨乾坤有气无力却又慈爱满怀地对小外孙说道。

　　"好嘞！"孩子哪懂得生离死别，听完姥爷的话，急忙跑到院内去玩耍了。

　　杨乾坤看着在一旁默默流泪的妻子，伸出手来，妻子急忙上前紧紧地抓住丈夫的手。　杨乾坤又把另一只手伸向杨水才，杨水才也走向前去握住了父亲的手。

　　杨乾坤又看看一侧的女儿和小儿子，他的眼神已经有点涣散，但意识还是清晰的，他声音缓慢地说："你们不要难受，如果还在旧社会，我早就死去了，现在在新社会，我也已经享了几年福，这辈子值了，唯一有点遗憾的是还没有找到我那两个可怜的女儿！"

　　杨水才知道父母的这块心病，转业回来就托人寻找当年被

　　　　　　　　　　　　　　小车不倒只管推

人贩子带走的两个妹妹，可人海茫茫，到哪儿去寻找，至今还杳无音信！

"你不要说了，我想着她们会回来的，你要好好活着，等着她们回来！"杨母哭泣着说。

"你不要哭、不要哭，我没遗憾，我很高兴、很高兴，水才，你们三人要照顾好你娘……"杨乾坤话没说完就缓缓地闭上了眼睛。

杨水才用手试探一下父亲的鼻息，发现已经没有气息了，他扑在父亲身上号啕大哭起来，杨母顿时昏倒在地，姐弟三人只得忍住悲痛掐住母亲人中抢救她……

埋葬父亲后，杨水才让姐姐和弟弟回去照看母亲，他独自一人站在父亲坟前想了好多好多，前几天还在身边说话的人，转眼就到了黄泉！

生命啊！ 你到底是什么？

我们活着究竟是为什么？

其实，他的心中早已经有了答案！

"爹，您老人家是理解我的，不是吗？ 生命苦短，毛主席他老人家说得对，'为人民服务'，以后儿子要完全、彻底地为人民服务！"他轻声对坟墓内的父亲说。

就这样，时间飞逝，转眼就到了 1957 年。

1957 年是属于集体的年代，在这个年代，红旗四社引起了杨水才的注意。

红旗四社就是一个属于集体的地方，是桂村南面几个村子组成的。 在红旗四社，可以和很多志同道合的人一起为百姓谋福利！

杨水才去红旗四社见了社里的负责人。

　　"杨水才同志！你好啊！"社长听说过杨水才的故事，他对这样一个年轻有为的大队干部很有好感。

　　"您好！"杨水才也发自内心地回了一句。

　　社长笑得眼睛都眯在一起，"我早就听说你的事迹了，你是人民的英雄啊！"

　　杨水才摆摆手说："不敢当、不敢当，我还称不上。"

　　社长给他倒了杯水，杨水才客客气气地接过。就听见社长问："杨水才同志光临我社，不知……"

　　社长没有继续说下去，可杨水才已经明白了社长的意思，于是他说："我早就有所耳闻，红旗四社是个能让人们生活好起来的组织，我也相信自己可以为人民献上一份力量！所以，我毛遂自荐来问问社长您，社里是否有我能胜任的工作？"

　　社长一听，真是又惊喜又疑惑。惊喜的是社团有杨水才这样的人才加入，疑惑的是杨水才为什么会自愿加入工作烦琐的社团。他对杨水才说出了自己的心中所想。

　　杨水才说："没什么其他的想法，我只是想着服务群众，尽快让群众过上好日子！一个人的力量太过微小，如果我加入一个团体，那力量就会变得很大！"

　　社长似乎很遗憾地说："现在我们的社团人员充足，要说缺嘛，只缺一个副社长了……"

　　杨水才听了社长的话以为自己是没机会了，可社长马上说："水才同志，我明天就向公社领导请示一下，如果他们同意，你就来当红旗四社的副社长吧！"

　　　　　　　　　　　　　　　　　　　　小车不倒只管推

杨水才还有些意外，但反应过来后，一下子就笑了。

他心中认为，副社长不是比社员大的职位，每个为集体付出的人都是平等的，也都是可敬的！

"谢谢社长信任，我一定会努力干好工作的！"

杨水才从里面出来的时候，天是晴朗的，微微的冷风让人更感舒适。他默默在心里说："我受尽了旧社会的苦难，今天我的一切，都是共产党给予我的，我一定要报答党恩，一定要让更多更多的村民都过上好日子！一定！"

社长请示后，公社领导同意杨水才担任副社长。一周后，杨水才来到了红旗四社。

社里给了杨水才一间小办公室，他在办公室里熟悉了社员的资料之后，就去找社长。

社长也没有闲着，正对比着去年与前年的生产指标。结果没让他失望，去年的指标比前年高了不止一点。社长正笑着，抬头看见了正要敲门的杨水才。

社长说："水才啊，门又没关，不用敲了，进来吧。"

杨水才答应了一声然后进去了。

"水才啊，找我有什么事情吗？"

杨水才点了点头说："社长，我刚才看了一眼关于社团的活动范围和结果，还有社员的一些资料，我有个建议想和您说。"

社长合上刚才正在看的资料说："你说吧，我听听你的建议。"

杨水才坐直了身体说："我看了咱们的活动范围，发现只是一小片，而且都是一些小区域，这些地方的老百姓缺乏安全感，不是太相信我们。 我建议我们先要在较发达的地区开展，作为范例，然后再大范围扩展开来！"

杨水才讲完之后，紧张地看着社长，生怕社长不接受自己的建议，或者是觉得自己的建议不够成熟。 但社长说："这个建议很好，可以在下次开会前说一下你这个建议。"

杨水才开心地笑了，他没看错，红旗四社是个人性化的地方，也是一个会把实惠带给人民群众的地方。 这里的每个人都很好，有勤劳的社员，有善解人意的社长！

杨水才激动地说了一声"谢谢"之后就离开了社长办公室，一路上嘴角都带着笑容。

杨水才走着走着，突然感觉脚踩上了什么东西，他低头一看，原来是一张被团起来的纸。

杨水才没多想，只是想着捡起来然后扔掉，但当他拿在手里的时候，却看见了纸团上的"请假"二字。

杨水才虽然只上过两年学，但因为学习刻苦，在部队时又虚心向同志们请教，所以认识的字也不少。

他展开了那张写着"请假"字样的字条，才发现是一个叫小芬的女孩写的请假条，可惜还没有交给社长就被小芬扔掉了。

小芬请假的原因是她家人生了重病但没人照顾，但不知为何小芬竟然自己将还没有交上去审批的请假条扔掉了。

杨水才把纸条拿在手里，装作若无其事地走到小芬坐着的地方，轻轻敲了敲桌子，示意小芬跟着他走。

小芬立即点点头，跟在杨水才的身后走了。

到了杨水才的办公室，小芬紧张地问："副社长，请问您有什么事吗？"

杨水才没有一点副社长的架子，他搬了一张椅子让小芬坐下，微笑着说："别担心，你先坐着。"

小芬受宠若惊，立即接过了杨水才递过来的椅子。

杨水才看她坐了下来，才缓缓地说："我从社长那里回来的路上不小心踩到了你丢的纸团，就想来问问你是怎么回事，别紧张。"

小芬好像一下子情绪低落了，但还是摇头说："没什么事了副社长，我不想请假了。"

杨水才看着她，不解地问："可是我看你写的原因是你唯一的家人患重病了……"

小芬眼泪一下子涌出来，"是我父亲病了……但我不能请假，社里所有的人都在忙着，我负责的部分又很重要！ 我不能因为自身的原因就这样把担子扔给其他社员承担！"

杨水才看着眼前这个明明很小却异常懂事的女孩，"你先把假请了，你的工作都交给我。"

小芬一听这话先是愣住了，然后是拒绝。 因为她负责的是统计分类工作，很是烦琐，会占用大量的时间。

"副社长，我不请假了，我可以完成自己的任务！"

杨水才却坚持说："谁都有父母，我理解你。 去照顾你的父亲吧，你的工作我可以替你完成，但你的父亲只能是你自己去照顾。 不要让自己留下太多遗憾！"

小芬听得感动，最后眼泪都掉下来了，她说："副社长，您是个好人！ 也是个好领导！"

杨水才笑笑说："你也是个好社员！"

第二天上午小芬就请了假，小芬的工作全部被杨水才接下。

小芬说的话不是假的，她的工作十分琐碎，而且极容易出错。 杨水才一开始时焦头烂额，常常把数字加错减错。 错了一个步骤，以后的步骤就都错了，只能从头再来。

况且杨水才作为副社长也有自己要做的工作，所以常常忙到半夜或者通宵工作。

也就三五天时间，杨水才的黑眼圈都浮现了出来，白头发也新长了很多。

社长看见杨水才，总感觉他和平常有点儿不一样，细细看了才发现杨水才脸色蜡黄，嘴唇也干裂着，社长问他："水才啊，最近工作很多吗？"

社长想，自己并没有给杨水才安排太多的任务呀。

杨水才似乎要努力把眼睛睁大，"没有，小芬不是请假了嘛，我就把她负责的工作一起处理了。"

社里人不是很多，所以社长也都能够把名字和人对上号。他说："小芬的工作挺烦琐的，你自己做两份工作真是太辛苦了，我再找一个社员帮帮你吧。"

杨水才忙摇头说："不用了，我自己真的可以，每个人都有每个人的任务，都挺忙的。 再说了，我不是副社长嘛，理应多帮帮社员啊，我之前都答应小芬了。 社长，你放心吧，我能行的。"

社长又坚持了几句，可是都被杨水才以各种理由拒绝了。

于是，杨水才和以前一样，每天都很繁忙，每天都要从白昼忙到下一个白昼，似乎没有休息的时间。

人可以有铁人的精神，却无法拥有铁人的身体。杨水才终于坚持不住了，倒在了自己的桌子前，手里还握着一支笔，脑袋旁堆满了演算的草纸，他把头埋在里面，样子疲惫极了。

第二天早上有社员来送资料才发现杨水才累倒在了桌子上。

四天三夜无休止地工作，最终还是把杨水才的精力榨干了。

此时的杨水才躺着，眼睛闭着，脑子却进入了另一个世界。他在那个世界里看见了请假去照顾父亲的小芬。

小芬扶着她的父亲对他说："副社长，谢谢您，如果不是您，我可能就看不见我的父亲了。"

杨水才想说些什么，但那些话语却堵塞在他的喉咙里，杨水才怎么努力都说不出来。他费力地向前伸手，却发现胳膊像千斤重的巨石一般无法抬起。

转眼间，眼前的景象又不见了，他没有目的地向前走，追随着眼前的白光，那一束小小的白光。但怎么也走不到头，他有好几次都想休息，可意念告诉他不可以，他要奋斗，要一直奋斗！

杨水才感觉自己在另一个世界走过了无数个春夏秋冬，他轻轻地抬起手臂，发现手臂不再像千斤一样重，他看着眼前的白光，那白光也只有一步之遥了。

杨水才向前迈了一步，然后他就看见了白色的屋顶，还有小芬和社长。他以为自己又进入了另一个世界。

但这时，却听到社长说："水才，你终于醒过来了！"

杨水才看着眼前的社长，突然意识到这是现实，不是梦境了。 他尝试开口，却发现声音哑哑的。

杨水才说："我…… 我怎么了…… 我怎么躺在这里了……"

社长眼睛低垂着说："水才，虽然你是因为工作才病倒的，但我还是要批评你！ 一个人最重要的是身体，是自己的安全！ 和自己的安全相比，工作永远是第二重要的！"

社长说完，小芬接着说："对啊，副社长，您这样不顾自己身体，是不可以的啊。 而且您还是为了帮我，您醒来我都感到很愧疚，如果您醒不过来我岂不是要在悔恨里过一生了。"

杨水才声音还是哑哑的："我没什么事，就是困了，睡一觉就好了。 你们都不用担心，还有小芬，你也不用愧疚，我是副社长，理应帮你承担的。 就像我有工作没做完也要社长帮我一样。"

杨水才解释完，两人还是面露担忧的神色，于是杨水才又说："真没事，我以前在部队也是这样的，时常为了战斗，好几天都不睡觉。"他顿了顿，嘴角扬起，"可能是老了，所以才不能像以前一样了。"

社长被杨水才的一番言论感动，"杨水才同志！ 有你这样的人，是红旗四社的荣幸，你不仅是一个共产党员，更是一个为社员分忧的好社长！"

杨水才刚摆摆手，小芬接着说："对啊，副社长，就是因为您承担了我的工作我才能去照顾父亲，要不，恐怕我的父亲……"

小芬不忍再说下去了，眼泪已经止不住地流出眼眶。

小车不倒只管推

杨水才终于说上话，"我参加红旗四社，就是为人民群众服务的，小芬也是人民群众，我为她服务也是我的义务。所以小芬，不要再愧疚了，我现在已经没事了。"

小芬止住哭泣，她的眼睛直直地看着窗外，社长好奇她在看什么，也追随着小芬的眼神看过去。

"是我们的社员！"

杨水才也看过去，他看见了一大群人正向着这间屋子走近，最前面的那个人捧着一大束花，嘴角带着微笑。

下一秒，那个人就敲了门，是小芬开的门。

开门的时候外面也吹起了微风，微风吹动花香，把花香全部送进了屋内。

杨水才心里感动之余又感觉实在浪费，于是他说："花钱买这些花，多浪费啊……唉……"

抱着花的人一下子笑出来，说："你们看吧，我就说了副社长要说我们浪费！"

那个人看着杨水才，哈哈一笑说："副社长您放心吧，这束花没花钱，每一朵都是我们亲手摘下来的，一分钱没花，一点也没浪费！"

杨水才听了这话才真正开心起来，连连说："不浪费就好，不浪费就好……"

拿着花的那个人一下子严肃起来，他对杨水才说："副社长，我们很幸运有了一个您这样的副社长，您和社长像家人一样保护着锻炼着我们，像勇士一般守护着我们的家园。您是我们学习的楷模，我们会永远尊敬您，永远学习您的品质！"

社员的话久久回荡在杨水才的脑海里，他感觉自己的付出很有意义，这让他浑身充满力量，有了这股力量，他会继续向前，不会停歇！

杨水才只休息一天，又开始了他的工作。他用自己坚定的信念陪着红旗四社度过了最艰难的一段时光。

本来想着社团的活动结束之后可以休息一段时间，但就在这时，桂村公社按照县里要求下达了组建农业生产队的指令，杨水才作为水道杨村为数不多的党员之一，自然要积极响应党的号召。

于是，在上面下达指令的第二天，杨水才就开始到处找村民来加入生产队了。

生产队里，大家一起干活，吃大锅饭，遵循完全平等的原则，一些地方出现了能干活的不愿参与，干活少的抢着参与却进不去的情况。

但在民风淳朴的水道杨村，这种情况是不会出现的，只是和农业互助小组一样，开始还是没有太多人想要参加生产队。

杨水才为此事费了不少心思，他决定先到村上干活最精细的梁叔家去商讨，其他人家，再一步一步来。

他在正午去了梁叔的家，一进门就看见梁叔一家人在搓玉米。

他喊："梁叔！"

梁叔抬起头来，看见了杨水才，笑着说："水才啊，你怎么来了！"梁叔走了过来，一边走一边用手打着身上的尘土。

梁叔爱开玩笑，杨水才是知道的，于是他说："是有事想和您商量的。"

梁叔听了一笑："我知道你找我是为了什么事，无非是新下达的那个通知嘛，那个……那个……"

梁叔顿了顿，似是想不起叫什么了。杨水才补充说："组建生产队。"

梁叔一拍手，"对，就是这个！"

杨水才又问："那梁叔……你有兴趣参加吗？"

梁叔又是一笑说："我当然有兴趣了，但是……水才啊，现在正是播种的时候，谁有时间去搞生产队呢，不都在忙着自己家的那几亩地吗？"

杨水才许久没说话，他知道，正是这个原因才导致没有村民来参加。

他说："行，梁叔，我明白你的意思了，我回去再好好想一想，争取想出一个两全其美的办法。"

梁叔送杨水才出了门。杨水才回了家。

没等走到家就闻到一阵饭香，但此刻的杨水才对美味的饭菜一点兴趣也没有，他脑子里想的都是生产队的事情。

杨母用筷子戳了戳杨水才说："发什么呆呢，不好好吃饭。"

杨水才干脆放下了筷子说："在想生产队的事。"

杨母夹了一口菜说："都忙着自己的生产呢，谁能顾着生产队的事啊。"

杨水才不出声了，只是脑袋里一直在想对策。

杨母却说："要不你和他们说，所有人在一起干活，还是十户一个队。人多力量大嘛，原本十多天才能播完的种，十户一起干，十天就能播完了。"

杨水才正没思路，听见了杨母的话恍然大悟。杨母说得没错，一户人家播种，自己干需要十多天，但十户人家在一起干，顶多一天就可以完成了。 这样干完十户人家的活，也只需要十天。 这样的话就不存在生产队占用私人时间的问题了啊！

杨水才笑了，赞叹说："真是好办法！"

杨母愣愣的，也不知道杨水才说的好办法是什么，但看见儿子大口吃饭大口吃菜吃得正香，她也就不想再问了，不管怎么样，儿子高兴她就满意了。

杨水才吃完饭之后立刻跑去梁叔家里，按照母亲的说法给梁叔解释了一遍。 梁叔听完，满意地笑了，一口同意加入生产队。

杨水才不辞辛苦地挨家挨户游说，渐渐地，同意加入生产队的人也就足够多了。

不出所料，经过十天的努力，十户村民完成了所有播种工作，不仅速度快，而且质量高。

剩下的村民也都各自组队，来提高播种的速度。 一时间，水道杨村竟成了十里八乡播种最快而且质量最好的村庄。

春季很快就过去了，水道杨的夏天似乎比其他地方更加热烈。 大队党支部大会在这个时令召开。

杨水才在炎热中参加了党支部大会，会上，他站起来发言："我认为村民的贫穷、饥饿不仅仅来源于村民本身，也来源于地理环境上的缺陷！ 水道杨村远离水源，是个两岗夹一洼、岗高缺水的地方。 这样的环境不仅限制了村子的发展，而且很有可能让村民重蹈以前连饭都吃不饱的覆辙！ 为此我建议，要在水道杨村搞好进水排水的系统！ 我们要抓水利，我们要挖坑塘，把水抽到岗子上，让村民不再因为缺水而使作物减产！其次，水道杨村气候干旱，土地更是缺水，整个村子里所有的树加起来也没有一百棵！所以我提议，要搞绿化，多栽树，旱田变成水浇地，使水道杨村大变样，变出桐树路、花椒寨、柿树沟、桃花岗！我相信，只有这样做，才能拔掉水道杨村的穷根！只有这样做，水道杨村的村民才能过上真正富足的生活！"

杨水才一番激情澎湃的演说，感染了众人，大队党支部立即采纳了杨水才的建议。

杨水才在知道自己的建议被采纳并且能够实施的时候，激动得整夜都睡不着。他想着，水道杨村的村民总算是要富起来了，村民们总算是拔掉了这根长了数百年的穷根！

但是，岗怎么治？水往哪儿找？按照毛主席"群众是真正的英雄"，"没有调查就没有发言权"的教导，杨水才爬东岗、上西岗，勘察本地地形，走访了许多有经验的群众，这一天早上连饭都没吃，就去找了杨清明。

杨清明在村里的时间长，足够了解村庄。并且杨清明是上过学的。杨水才相信知识的力量，相信杨清明能给他提供一些思路。

杨水才走到了杨清明家，看见杨清明正在接一捧水洗脸，他上前开门见山地问："您知道村里哪里有水源吗？"

杨清明一开始听到这声音，吓了一跳，但听了问题之后反而不乱了。他不紧不慢地擦干了脸，然后说："村里干旱你又不是不知道，有水源不早就找着了嘛！"

杨水才知道杨清明说这话的意思就是他不知道村里哪里有

水源了，于是又问："您知道怎么找水源吗？"

杨清明摇了摇头说："唉，我知道你为村人着想，可找水源不是那么容易的，就算找到了，建池塘也是难上加难的！"

杨水才眼神变得坚定："杨书记，您就让我试试吧，要是成功了，水道杨村的人可就离好日子不远了。"

杨清明无奈地摇摇头说："走吧，那就试试，不过我先和你说明白，水道杨干旱，不是一两年了，而是一直干旱……"

杨水才始终是坚定的，他说："杨书记，这都不是问题，和村民的幸福富足相比，我相信这都不是太大的问题，都会被解决！"

杨清明作为大队党支部书记，也曾经有过和杨水才一样的想法，可他还没有寻找水源的办法，他非常佩服杨水才的干劲、冲劲和韧劲，自己身上好像就少了这几股劲，所以此刻他决定和杨水才一起试试。

"我支持你！只要你认为是正确的，就去干吧！"杨书记拍着杨水才的肩膀，真诚地说道。

杨清明和杨水才找了一些竹筒和破旧的瓶子制成了"土仪器"，准备用最原始的办法来测量是否有水源。

两人来到了村子的东南方向，站定了。

杨水才疑惑地问道："杨书记，为什么在这儿啊？"

杨清明看了眼地面说："其实我也一直在寻找水源，但一直没有解决的办法。我最近天天观察地上的蚂蚁，发现只有这里没有蚂蚁筑巢。而蚂蚁不在这里筑巢的原因可能就是这地底下有水源吧。"

杨水才恍然大悟，拿着许多节竹筒连在一起的竹棍问：

　　　　　　　　　　　　小车不倒只管推

"那这又是因为什么？"

杨清明接过竹棍，深深地插进地下，"老祖宗的经验，要是下面真有水的话，用手一握就会出点水。"

杨清明立好竹棍，对杨水才说："过来一下，要用手握着啊。"

杨水才答应了一声，便走过去握着了。

过了一小会儿，杨水才就感觉竹棍变凉了一些，他向竹棍的小口中看去，竟真的看见了一些透亮的水！

他立刻对杨清明说："真的有水，真的有水！我们真的找到水源了！"

杨清明也满意地笑了，似乎自己的梦想实现了一样，他高兴地说："在四周再看看，都测一测，确定好了地方就可以叫乡亲们来干活了。"

杨水才"嗯！"了一声，就拔出竹棍向四周测量了。

到了月亮升起的时刻，杨水才抹了一把脸上的汗，看着自己测量好的池塘的范围，欣慰地笑了。

杨清明说过，要获得必要的数据，寻求最好的挖池塘地址，规划最佳的三级提水上岗方案。现在这三项内容杨水才已经完成两项，剩下的就是制订方案与实施了。

杨水才连夜制订了方案，又在半夜拿去给杨清明看，还编了一个口诀："地形上，两岗加一洼，一里十三坡；气候上，六月常缺雨，十月无寒霜，春初和秋末，气候较正常；水源上，两岗加一洼，岗顶水源差，要找水源处，村头沟嘴挖。"

杨清明看过了之后，嘴角上扬，只说了一个"好"字！

第二天清晨，刚刚吃过早饭，杨水才就站在小广场的草垛上开始发言。

"乡亲们，昨天经过杨书记和我的测试，已经找到水源了！ 找到了水源我们离好日子就不远了！ 现在，为了我们的好日子，大家有力出力，和我一起去村头东南方向挖池塘吧！池塘挖完，我们村就不再是穷村了！"

乡亲们听见了这消息十分欣喜，一一响应，都跟着杨水才去挖池塘。

要挖的地方是三队的几亩好地，三队个别干部不肯让挖。杨清明等人建议多给他们几亩好地置换。 他们说，给再多也不如他们这几亩地好。 还有一些思想保守的人说指望挖池塘浇地，根本不行。

杨水才建议党支部召开会议，进行树立整体观念的思想教育。 他领头忆苦思甜，把新旧社会进行对比，大家泪流满面。 接着，他又领着大家学习"老三篇"，讲"毫无自私自利之心"，讲得大家心里透亮。

大家说："我们只看到自己的那几亩地，看不到全大队两千多亩地，看不到全国几亿人口，眼光真是太窄了！"

一个干部接着说："对，我们要学愚公精神，自力更生，奋发图强，不这样做，咱们水道杨的穷根不会拔掉。"

杨水才一看大家已经有了劲头，手里挥舞着毛主席著作，大声说："好，大家说得太好了，咱新时代的农民，种地不靠天，龙王不来咱去牵！"

他的这一声吆喝让大家更是热情高涨。 群众连春节也不过了，天天来到工地。 但正如杨清明所说，就算找到了水源，池塘也不好挖。 在施工过程中，杨水才为了让村民们尽快脱贫，也为了起带头作用，他没日没夜地干，无时无刻不在挖！

休息时，他也常用愚公精神鼓励大家："愚公面前两座山，带领儿孙把山搬；咱们面前两座山，土地冲刷缺水源；立下愚公移山志，挖塘治岗破难关。"

有时身体支撑不住，甚至累得肺结核病发作，时常吐血，大伙劝他休息。他笑着说："愚公那么大岁数还挖山不止，我比他年轻，这点病不算啥！"说完就擦擦嘴继续干，不给自己一点休息的时间。

这一天，杨水才正推着小车运土，突然大口吐血，一下子摔倒在坑塘半坡，几名群众连忙把他扶起来，劝他回去休息。他却毫不在意地说："小车不倒只管推，只要还有一口气，我就要干。"说完，把嘴上的鲜血一擦，又接着干起来。

杨母带着饭来看过他好几次，可每一次杨水才匆匆吃一点饭就继续干活。干活的杨水才像一个假人，一个不会累不会停歇的假人！村民们最怕遇到下雨天，因为下雨时缺口会向下漏水，而一到下雨天，杨水才为了不影响施工，时时会跳进齐胸深的水沟里，用自己的身体来把缺口堵住。

杨水才带病挖塘的坚强意志和奋斗精神鼓舞着全村群众，大家的干劲更足了！但是，即使杨水才这样努力，挖池塘还是到了瓶颈期。池塘已经挖了 15 米左右深，但看到的还是干旱的黄土，根本没有一点水的踪迹。找不到水，很多乡亲都泄了气。

杨水才看见乡亲们一张张失望的脸，最终决定召开诸葛亮会，他要在会上分析原因，寻找办法。

小车不倒只管推

杨水才说："乡亲们，请不要失望！我们挖的地方一定会有水！只是水太深了！只要大家不放弃，我们一定可以挖到的！"

大家还是有点不相信，杨水才接着说："乡亲们放心！我已经向公社申请了！公社已经调来了打井用的铁锥！我们只要再坚持一下，就能看见水了！"

乡亲们看着带病坚持挖塘的杨水才，又被增强了信心，一个一个互相鼓劲，比之前更加有冲劲了！

村里的深夜，有一种无法形容的沉静。杨水才一个人站在院内，思考下面的工作该如何做，如果明天再挖不出水，又该怎么办。

杨母披着外衣走了过来，手里还端着一杯白开水。她把水递给儿子，心疼地说："喝一点水吧！这天都快亮了，你也该去休息了！"

杨水才一口气喝完母亲端来的白开水，他似乎感到体内有了一种柔软而深厚的支撑，一种谋划未来的灵感，霎时充溢心胸。

他一手拿着茶杯，一手搀扶着母亲说："娘，走吧，我们回去休息！"

第二天，杨水才果然带来了打井用的铁锥。继续往下打，果然不出所料，铁锥砸破坚硬的石层后，泉水像鱼吐泡泡一样冒了出来。乡亲们说这不是泉水，而是水道杨村的希望！

因为杨水才的坚持与奉献，水道杨村终于解决了缺水的问题。

村民们祖祖辈辈哪曾见过高岗地能用水浇？ 池塘挖好之后，邻村的人都来参观。 先前说"指望挖池塘浇地根本不行"的几个保守的人也不舍得离开池塘一步，蹲在抽水机旁给前来参观的人们讲解挖塘的经历，其中一人感叹地说："水才真是了不起，他按照毛主席指引的路子走，走对了。 天旱成这样，庄稼还绿油油的，这是我们几辈子都没见到过的事情啊！"

　　杨水才不负众望，水道杨村也真正拔掉了几百年来一直没有拔掉的穷根子！

　　是的，杨水才做到了！

　　杨水才设计了"挖塘引水工程"，带领水道杨群众在岗上打了 42 眼土井，挖了 5 个蓄水塘。 涝天蓄水，旱天浇地。 实现了"群井归一、五龙上岗"的创举！ 解决了经常出现的干旱问题，使千亩高岗旱地变成了水浇田，粮食产量不断提高。

　　夏天过得很快，似乎只是一瞬间。

　　水道杨村的秋天很快就到来了，路边种的杨柳树叶子开始泛黄。

　　而杨水才的执着追求就是让村民们享受丰收的喜悦，让家家都能过上好日子。

　　看着村民们满意的笑脸，看着目之所及的一片金黄，他情不自禁地笑了。

　　"零落成泥碾作尘，只有香如故。"杨水才现在才真的明白了这句诗的内涵，那就是无私的奉献！

第四章　不破楼兰终不还

　　1957 年，杨水才不辞辛苦地为乡亲们工作，不仅开创了"群井归一、五龙上岗"的伟大创举，还真正地解决了乡亲们的生产问题！

　　水道杨村人民的生产力水平上去了，而且环境也变好了。村里不再是干旱的土地和单一的树木，竟然有了一点满园春色关不住的味道！

　　生活不难，日子就简单起来了，时间也就快了起来。

　　在这段时间，村里最穷的人都能吃上饭了，大家都以为苦日子远了，但是，事实并不是如此……

　　这年秋天，水道杨村的树都落叶成了一个模样，只有光秃秃的树干，再也没有了以前的光彩。草木知人心，有情，看似默默无声，不解烦忧，却似乎了解人间疾苦。

　　许是悲伤的事就要在冷寂的季节发生，在 1957 年的秋天，水道杨发生了一件令人心痛的事情……

天上下着秋雨，刺骨的雨淋湿了杨水才的衣衫，冻得杨水才直打哆嗦。他低着头往家里走时，听见有妇女的哭声，十分凄惨。

"怎么会这样！怎么会这样！"

水道杨村已经很久没有那么悲伤的声音了，杨水才听着这哭声，心里一紧，也不着急回家了，径直去了那妇女的家里。

杨水才敲了敲门，里面很快就开了门。

是刘坡开的门，他惊问："水才啊，你咋来了？"

杨水才看了一眼里面说："刘哥，是遇着难事了吗？我好像听见了嫂子的哭声。"

刘坡看瞒不住了，叹气说："唉，这不是我儿子嘛，不知吃坏了什么东西，闹了肚子，正疼得厉害。"

刘坡向屋里看了看，又说："他娘忍不住，在那儿心疼哭泣呢！"

杨水才听见刘坡的话，心不自觉地也痛了一下，他说："让我看看吧。如果还是疼，我就带孩子去县里看病，不能这样硬挺着！"

刘坡没有办法，不好意思地说："麻烦你了水才，你看你这么忙……"

杨水才立刻说："你可不要这么说，我忙的是老百姓的事，是乡亲们的事。你们就是我的乡亲们，我不忙你们的忙谁的啊！"

刘坡抹了一把眼泪，感激地说："水才，我真的谢谢你，谢谢你……"

杨水才连忙摆手，叹气说："先别说这些了，先带我去看看孩子吧！"

刘坡赶忙点点头，带着杨水才走进了屋子里。

房间内，孩子疼得蜷缩着。杨水才立刻上前摸了摸孩子的头，发现只是有一点微热。同时，他也注意到了屋子里过于闷热。

杨水才问："屋子里怎么烧得这么热？"

刘坡似乎也感觉屋子里烧得太热了，他用手抹着额头上的汗，回答说："这孩子一直喊冷，我也做不了什么，就让他暖和点吧……"

杨水才心里感觉刺痛了，他想，村民这样的情况还是因为知识不充足的缘故，没人教他们生了病该怎么办，所以有了病就只能硬挺着或者用以前的土方法。

杨水才对刘坡分析说："我摸了摸孩子的头，发现不是发烧的热，屋子不用再去烧了，孩子的病不是冻病。"

刘坡的眼光一下子失了神，不知道说什么好，这时正哭着的刘嫂央求说："水才啊，救救孩子吧，你救救他吧，我和你刘坡哥是真的没办法了！"

杨水才把孩子背到身上，安慰刘嫂说："刘嫂你别担心，这么干等着肯定是不行的，我这就带他去县里看大夫！"

刘嫂眼泪止不住地流，感激地说："谢谢啊谢谢啊，水才啊，我就这一个儿子啊……谢谢啊……"

刘嫂哽咽了，话都说得不清不楚。杨水才可以理解刘嫂的感受，因为这个孩子是刘坡夫妻唯一的孩子，而且刘嫂因为生这个孩子差点没了命。

"刘嫂，你别担心，我一定尽我全力！"

杨水才眼神坚毅，让人有一种说不出来的信任感。

"我信你……我信你……"

刘嫂的话更感动了杨水才，谁都知道，孩子就是一个母亲的命，如今刘嫂把命都押在了自己身上，叫他怎么不感动！

外面还下着大雨，杨水才在孩子身上裹了厚厚的衣服，然后把孩子绑在自己身上。他一手把着车子的把手，一手撑着一把伞。而那把伞，也完全地罩在了那个孩子身上。

路上不停地下着雨，杨水才赶到县城一家诊所的时候，衣衫已经全湿了，头发能滴下水来，样子十分狼狈。

他轻轻地把孩子从自己身上解下来，放在了看病的小榻上，然后对医生说："大夫，你快看看吧，这孩子一直腹痛难忍！"

大夫看了看这个孩子，摸了摸额头，又看了瞳孔，最后说："好像吃坏什么东西了，小孩现在能说话吗？"

杨水才听了大夫的话立刻说："能，能说话。"

杨水才拍了拍孩子，孩子就醒了过来。孩子到底是孩子，醒来就开始痛哭，嘴里嘟囔着"肚子好疼，肚子很疼……"

大夫按了按孩子的肚子问："这儿疼吗？"

"疼！"

大夫眉头一皱，又连续按了孩子的肚子好几下，孩子都说疼。

杨水才急促地问："大夫，这孩子到底怎么了？"

大夫推了推眼镜说："可能是吃坏了。"大夫又问孩子，"你最近都吃了什么呀？"

孩子还在哭着，声音已经发哑，"吃了大米……和野菜……"

大夫眉头又一皱说："没什么问题啊。"突然看向杨水才问："你们那里的水质怎么样？"

杨水才回忆了一下，如实地说："有一点水锈的味道。"

"是井水吗？"

"不是，是山下引流的水。"

大夫坐了下来，给孩子吃了一个小药片说："这就对了，就是水质的问题。大人抵抗力强，吃了这样的水可能没什么事，但小孩不行，小孩的肠胃柔弱，喝了要灼伤肠胃的。"

杨水才先不去想水质的问题，他问大夫："那孩子怎么办？需要住下治疗吗？"

"没多大的事，回去把水烧开了喝，吃两天清淡的，我刚才给他吃了点药，应该没什么事了。"

杨水才抱起孩子说："大夫，还有什么要注意的吗？"

大夫摇摇头说："是水质的问题，不是人为的原因，这没有办法啊！"

大夫的话，让杨水才的心上结了一层寒冰。没有办法解决的问题，那就说明还会有人因为水而生病。这个事情不可避免，这个孩子只是个开始。

杨水才和大夫道了声谢，离开县城回到了村子里。

刘嫂看见了自己的孩子完好无损，眼泪一下子掉下来了。

"谢谢你啊水才……谢谢啊。"

刘嫂这是真心话，杨水才知道。

"没事，孩子没事就好。"杨水才表面上云淡风轻，实则心里担心极了。 他害怕马上会有下一个因为水质生病的人，他不愿再有一个乡亲受苦！

杨水才回到自己的家时，已经是凌晨了。 雨停了，树上的叶子更是寥寥无几。 他捡起一片，摸了摸上面的雨水，叹了一口气。

"怎么才回来？ 衣服都湿了。"

杨母看见杨水才像一只落水的鸭子，忍不住问道。

"刘坡的儿子病了，我送他去县城看病，外面下了雨，就浇湿了。"

杨水才神色恹恹，似乎对什么都不感兴趣。

"先把衣服脱下来，染上了风寒可怎么办！"

杨水才应了，脱衣的动作却十分缓慢。 后来，他终于忍不住问母亲："娘，咱们村一直用下流引上来的水吗？"

杨母正给杨水才烧着姜汤，听了这话就答上一句，"对啊，用了几十年了。"

杨水才又问："那就没人出什么事吗？"

杨母反驳他，"应该有吧，但也不是很多，虽然下流水不干净，但也不至于不干净到那个程度。 再说了，咱们村也没井，不喝下流水喝什么！"

杨水才定了定神，他想，是不是有了井，村民们就再也不会因为水质而生病了呢？

一想到这儿，杨水才茅塞顿开，村里既然可以挖出池塘，就说明水道杨村的地底下有水！ 那样一来就可以挖出水井！

"娘，我知道了，只要我们挖个井，村民就不会因为水质问题而生病了！"

杨母知道其中的困难，但不忍破坏杨水才的热情，于是轻声细语对杨水才说："你去和杨书记他们商量商量吧，你们党支部几个人如果都同意了，你就去做，娘支持你！"

　　杨水才高兴极了，听到母亲让去找杨书记商量，二话不说穿上鞋子就往外走，但又被杨母拦住了，"这天还没亮，你就不要去打扰人家了。天亮后再说。你也要好好休息一下，累出病该如何是好！"

　　杨水才看了一眼外面的天，的确还没亮。他说了个"好"，就老老实实去躺在床上睡觉了。

　　杨母看了一眼杨水才，先是弯起了嘴角，紧接着叹了一口气。她愿意看到儿子为老百姓服务，可不愿意看见儿子如此疲惫！作为一个母亲，她很心疼！

　　第二天日头刚刚升起，杨水才就把自己收拾干净。他要去见杨书记，和他商讨挖井的事情。

　　来到杨清明家，从大门的缝隙中发现他刚刚起来，正在院内端着脸盆准备洗脸。

　　杨水才只当作什么都没看见，他喊："杨书记，开个门，我有个大事要和您商量！"

　　杨清明听见杨水才的声音，立刻出来开了门说："这大早上的，有什么事啊？如果不急可以明天再说，明天我们不是要召开党支部会议吗？"

　　杨水才笑了笑说："今天有大事要先向您汇报，是关于村里水质方面的。"

　　杨清明看了一眼杨水才，仿佛猜到了他想说什么，笑着说："水质问题你就不要操心了，那个是多少年都解决不了的事啊！”

杨水才听了这话非常不服气，“可那是关乎乡亲们生命的大事，怎么能不操心！再说，只要挖个井就可以解决的问题，为什么解决不了呢？”

杨清明叹了口气说：“挖个井容易吗？挖池塘多费力你知道，挖井比挖池塘要难上一百倍！”

杨水才坚持说：“可是我们不能不管乡亲们的安危！就在昨天，刘坡家唯一的儿子因为水的问题生病了，那么小的孩子疼得到处打滚，甚至晕了过去，我看着是真的心疼！杨书记，既然您也知道水质问题的重要，那为什么不去解决呢！挖池塘很难，但最后我们还是成功了。这难道不是最好的例子吗？”

杨清明被杨水才的一番话深深震撼了，杨水才说得没错，村里的水质问题已经影响了很多村民的正常生活。既然这样的话，为什么不为了村子的未来搏一搏呢？

杨清明最后说：“好，我支持你的建议！明天我们在支部会上也讨论一下这个事情！”

支部会通过之后，杨水才就开始鼓动全村的人一起来挖井了。一开始也是没多少人愿意参加的，大家认为不可能，可是后来，杨鹏一家参加了，因为水质而得过病的人家也参加了之后，参加的人就多了起来。

杨水才还是让自己当领头羊，他在池塘的附近选了一个掘井点，画好了区域，众人就拿起自己的工具开始干活了。

其中杨水才不知多少次挥汗如雨，也不知道脚上和手上磨出了多少个水泡。他一心只想着，我要努力干活，努力挖井，尽快让乡亲们过上安稳健康的生活！

挖井挖了好几个月。 在那几个月的时间里，每一个路过水道杨村的人都能看见一群人在东西两岗上挖井，他们挥洒着汗水，只为能喝上健康的水，过上安稳的生活！

一次次失败，一次次失望，在杨水才"困难大，没有我们决心大"的鼓励下，大家还是咬牙坚持！ 终于，在 1957 年的冬天，水道杨村的乡亲们吃上了用清澈的井水做的饭菜，回味着井水特有的甘甜，过了一个充实完整的团圆年！

杨水才吃着母亲做的饭菜，也满足地笑了。 他一想到乡亲们饮水安全了就发自内心地笑了！

吃水不忘挖井人。 1957 年，水道杨村的人都知道，是一个叫杨水才的人带领大家一起挖了井，他们才享受到这样的生活！

时光如白驹过隙，从不停留。

水道杨村似乎上一秒还是光秃秃的冬季，下一秒就变成了生机盎然的春季。

水道杨村的春季是极其缺水的，虽然雨下得不算少，但大多数的雨水是留不住的，所以水道杨村的冬小麦长得永远没有邻近的村子好，群众人心浮动。

在异常严峻的形势下，杨水才不泄气，经常对群众进行社会主义教育，引导群众拧成一股绳，克服困难，共渡难关。

杨水才也一直在思考小麦为何长不好这个问题，他知道杨清明爱动脑子，所以遇到事情总喜欢和杨清明一起商量对策。

就像此刻，杨水才再次来到了杨清明的家里请教。

"杨书记，杨书记！"

杨清明一看杨水才来了，急匆匆出来打开门说："快进来吧！"

杨水才进了门，站在杨清明面前问："杨书记，您知道咱们村为什么冬小麦长不好吗？"

杨水才开门见山地问，杨清明也开门见山地答，"我当然知道，不就是因为雨水留不住嘛！"

杨水才一拍手说："对啊，因为咱们村的雨水留不住，所以才会旱，小麦没有水，就长不好。"

杨清明进了屋，叹气说："进来说吧，春风寒呢，外面还是冷啊！"

杨水才跟着杨清明进了屋，坐在火炉边烤了烤火，一会儿又问："您有什么办法能让麦地不干旱吗？"

杨清明好像有点困倦，打了个呵欠说："我要是有办法啊，早就解决了，现在就轮不到你操心这些事情了。"

杨水才知道杨清明话里的意思，也知道杨清明的无奈，笑笑说："以前有人告诉过我，没有解决不了的问题，只是没找到对的办法，我相信我们也是没有找到对的办法才会这样的。"

杨清明叹了一口气说："我知道你是为乡亲们着想，也知道你确实给乡亲们带来了不少便利。你挖了池塘，打了井，我也知道这些有多难。可是啊，除旱不是说说就能做到的事情，水道杨的气候就是这样，好不了了！"

杨水才仔细想了想杨清明的话说："不是还没努力过吗？我们无论如何也要尝试一下啊！"

杨清明摇了摇头说："没有希望的事情，水才啊，不要再多耗时间了。"杨清明顿了顿，似乎想到了什么，迟疑一下后又说："或许有一个办法！"

杨水才听到这话才有了精神，他迫不及待地问："是什么办法？杨书记您快说！"

杨书记又慢悠悠地开口说："你听过古人建的护城河吧！"

杨水才点点头，他在部队的时候有所耳闻。

"其实护城河的作用不仅仅是防御，你知道城门失火殃及池鱼的典故吗？"

杨水才摇摇头，杨清明继续讲："城门失火，大家都到护城河取水，水用完了，鱼也死了。这就是城门失火殃及池鱼，人们都拿它比喻因受连累而遭到损失或祸害。但他们却不知道，这护城河的水也可以救活这一个国家。"

杨水才似乎模模糊糊明白了杨清明的意思，他的意思是如果有一个蓄水的地方，那冬小麦就不怕旱了。

杨水才反应过来之后，和杨清明说："那就是说，我们挖一个蓄水塘来蓄水，这样行吗？"

杨清明点点头，杨水才又说："那我要先去选个位置！"

杨水才说完急匆匆地走了。

杨清明看着远去的杨水才说："没有一点个人私心，真是一个令人佩服的好人，一个一心为老百姓着想的好干部。遇见他，是我的福气，更是水道杨村村民的福气喽。没想到水道杨村这么一个小地方也能出现杨水才这样的人……我要全力支持他！"

杨水才离开了杨清明家里之后，立即在村子的东西两头分别挖了蓄水塘，准备开工了。

找人在杨水才的脑海里被归为最难的事。因为每户人家都有自己的活要干，而且杨水才无法向他们保证做了就一定会有好结果。

这一次杨水才的心情还是一样的，一样怕乡亲们会拒绝自己。

但……这次没有。

杨水才先是忐忑地敲了敲邻居岳阳的门，等了一会儿，门开了。

岳阳看见了杨水才，似乎也明白了杨水才此行的目的。他转身就拿了工具，对杨水才说："今天去哪里呢？"

杨水才几乎要流下泪来，他以为自己会被村人厌烦，厌烦他总是召集大家一起干活，但没想到大家并没有厌烦他，反而还主动帮他。

杨水才低下头，轻轻地笑了，他说："真的谢谢你们，每一次都这么配合我……"

岳阳爽朗一笑，说："我们还没感谢你呢，是你带我们过上了好日子啊。"

杨水才心里一暖，觉得自己所有的辛苦都是值得的。这温暖不是因为乡亲们感谢他，而是因为乡亲们认为是自己带着他们过上了好日子。

岳阳继续说："第一次是农业小组，第二次是挖池塘，第三次是打井，每一次我们的收成都会增加。这些我们都记着呢，我们都不会忘的。你是个好干部，一次次带着我们向更富足的地方去，我们虽然没什么文化，也没什么技术，但我们都是有感情的，都是有心有肺的！"

　　　　　　　　　　　小车不倒只管推

杨水才被这话彻底暖了心，他在心里默默起誓，以后一定要把更多的福利带给村民们，让村民们越来越富，让水道杨村越来越好！

　　一群人跟在杨水才的后边，拿着挖土的工具。 杨水才站定，对乡亲们说："就是这里，四周我都用蓝布条做了记号。 从四周向中心挖，挖成一个小水渠就好了。"

　　乡亲们都干过活，具体怎么挖都是有默契的，正当大家规划好了准备挖的时候，杨水才却大喊了一声："乡亲们，请等一下！"

　　乡亲们都看向杨水才，几十双眼睛注视中的杨水才，正冲着他们深深地鞠了一躬。 似乎过了很久，杨水才才再次把身体直起来。

　　"乡亲们，我真的发自内心地感谢你们。 谢谢你们一次又一次地配合着我。 我没有杨清明书记博学多才，更没有你们的坚韧！ 每次活动我都不确定会成功，但是你们却一次次无条件地跟随我。 水道杨村的今天不是我带来的，是你们一步一步闯出来的！ 你们才是勇士、英雄！ 真正的勇士！ 真正的英雄！"

　　有不少乡亲都流了泪，他们也都庆幸遇见这样一个可以给人安全感，可以让人信任的大队干部！

　　杨水才是水道杨村的领导！ 杨水才是水道杨村人民的精神向导！ 杨水才是水道杨村的英雄！

　　杨水才说的一番话，似乎促使乡亲们更加卖力地付出，不过十天时间，东西两面的蓄水塘已经全部挖成了。

　　结果也是杨水才意料之中的。

1958 年生产困难时期，多地的农业产量受到损失，但水道杨的小麦长势喜人，颗粒饱满，村民第一次在小麦上挣了一笔钱！ 水道杨村的群众知道这个功劳是属于杨水才的，但杨水才认为这个功劳属于水道杨村的每一个人！

这一天夜晚，明镜一般的月亮挂在天宇，把清澈如水的光芒洒向大地。

杨母一个人在院内坐着，眼睛不时看向门外。

"娘，您怎么还不休息啊！"杨水章揉着眼睛从屋内走了出来。

"我在等你大哥！"

"别等了，您又不是不知道，他哪天不是忙完事情，三更半夜的才回来呀！"

"不行啊，我今天多晚都得等到他，要不明天天还没亮，他又急匆匆地回大队去了，事情还是说不成！"

杨水章来了兴趣，走到母亲身边问道："什么事情啊，这么着急！"

"还不是他的终身大事啊！ 我都托人给他介绍几个了，他愣是不见，这次是你舅介绍的，姑娘是邻村的，听说人很好，人家也同意明天见一下他，所以，我今天得给他说清楚！"杨母对小儿子解释道。

"这还真是好事啊！ 我哥这些年也太辛苦了……"

杨水章的话还没说完，杨水才就推门进来了。 看到母亲和弟弟还待在院子里，他走上前去问道："娘，夜深了，你们怎么还不休息？"

"还不是等你啊！"杨母微笑着说。

"等我？ 有什么事啊？"杨水才不明白地问母亲。

杨水章笑着说："好事啊！"

杨水才更不明白了，看了弟弟一眼说："别打马虎眼了，啥好事啊？"

"你也老大不小了，该考虑成家结婚的事情了！"杨母直截了当地说道。

杨水才一下子头大了，他最怕母亲给他提结婚之事，可这事情还是要面对的。

杨母看到他沉默，不满地说："先前你一心扑在工作上，现在村子已经发展得不错了，你也三十出头了，该结婚了！"

杨水才拍拍他身上斜挎的书包，从里面拿出来一只军用茶缸和一只小碗，叹一口气对母亲说："娘啊！ 您又不是不知道儿子有病，不能结婚，这病传染啊，我现在走到哪儿都是单独用这一套东西！"

杨母并不赞同儿子的观点，"那又怎么样？ 难道得病的人一辈子都不结婚了吗？ 再说你这病不是遗传，是你打仗时条件艰苦才患上的！"

"娘，还是以防万一吧！ 咱不能害了人家啊！"

"可是你不结婚，我们老杨家不是要成绝户头了！"杨母流泪说。

看到母亲流泪，杨水才的心顿时慌了，急忙劝道："娘，您别伤心，您听我说，咱们老杨家怎会成绝户头，这不还有水章啊！"杨水才说着推了杨水章一下。

杨母这才反应过来："我说的是你这一支，你如果不结婚，我怎么抱孙子啊！"

"水章也二十多岁了，他结婚您老一样可以抱孙子。 娘，让水章先结婚吧！"

还没等母亲表态，杨水章就急急地说："大哥，那可不行啊！ 我们村里有规矩，老大不结婚，老小怎能结婚啊！"

"杨水才，你这说的是什么话啊！ 你这不是害你弟弟被别人戳脊梁骨吗？"

"不是的，娘，这农村老规矩也该改改了，如果家里老大有特殊原因不结婚，他的弟弟妹妹们就不能结婚了吗？"杨水才对母亲和弟弟解释道。

"现在不是讨论规矩的时候，我给你明说，你舅给你介绍一个对象，是邻村的一个姑娘，说是长得也不错，品质也很好，怕你又不见人家，明天你舅会带她来咱们家里，这次你见也得见，不见也得见！"杨母对杨水才生气地说道。

"这不太好吧……"

杨水才话还没说完，就被母亲打断，"说一千道一万，你就是要找各种借口不见人家是吗？"说完杨母开始低声哭泣起来。

杨水才痛苦地摇摇头，接着又安慰母亲说："娘，您别哭了，您知道我最怕您流泪啊！ 我见，我见还不行吗？"

杨母停止哭泣，惊喜地望着他问："真的吗？ 真的吗？我没有听错吧！"

"但是，娘，您也要答应我一个条件！"

杨母问："什么条件？"

"明天见面后，如果人家姑娘看不上我，娘就不要再逼着我相亲了，而且要让水章先结婚，我听说水章已经有喜欢的姑娘了!"杨水才对母亲提条件说。

杨母心想,昨天水才大舅说对方不介意他有病,应该没啥问题,再说儿子也同意见面了,成不成都是天意,不能再逼儿子了!

"好吧,我同意!"

听到母亲同意后,杨水才又看着弟弟说:"水章,如果这次大哥相亲不成,你就先结婚,不必顾虑那些老规矩!"

杨水章看着母亲:"娘,这样不好吧!"

杨母却对他说:"听你大哥的吧!"

杨水章只得点点头。

母子三人意见达成一致后,兄弟二人搀扶着母亲回到屋内,杨水才轻声问:"娘,我大舅有没有告诉您,那位姑娘叫什么名字?"

"你大舅告诉我了,好像叫……"

听到儿子主动问姑娘的名字,杨母极为高兴,立刻告诉了他姑娘的名字。

杨水章忍不住问:"哥,您问人家姑娘的名字做什么?"

"没什么,就是问问!"杨水才说完走向自己的小屋。

杨水章看着杨水才的背影若有所思。

此刻杨母并没有多想,她的心中充满喜悦,只要两个儿子结婚生子,她就对得起老杨家,将来九泉之下也能和杨乾坤有个交代了!

深夜,一缕月光透过窗户洒到杨水才的小屋中,他躺在床上辗转反侧,他知道母亲是为自己好,他也不想伤母亲的心,可是一个人不能光为自己着想,明明这身体不能结婚,还非得去结婚，这不是害了人家姑娘啊！不能这样做，决不能这样做！此生已经献给国家，其他事情就不要再考虑了！

母亲啊，原谅我吧！其实您是一直理解支持我的，不是吗？

第二天，天还没亮，杨母就起床把几个房间打扫一遍，又叫杨水章去集市上买菜，说是要做一顿好吃的招待自己未来的儿媳妇。

杨水才听到母亲高兴的声音，心中别提有多难受，急忙起床叫住正准备外出买菜的杨水章，让他在家帮助母亲做家务，自己去集市买菜。

杨母看着杨水才走出院子，微笑着对小儿子说："你哥终于开窍了！"

杨水章沉默一下对母亲说："娘，可我觉得大哥不对劲！"

"哪儿不对劲了？"杨母问道。

至于哪儿不对劲，杨水章只是感觉，具体是什么，他也说不清楚，但又怕母亲担心，就笑笑说："没什么，也许我多心了！"

"你个臭小子，娘也要给你说清楚，你哥结婚后，你也要抓紧结婚！"杨母笑骂小儿子说。

杨水章问："娘，万一我哥这次相亲不成功结不了婚呢？"

"呸呸呸，你个乌鸦嘴，你哥这次一定会成功，因为你舅对我说，对方知道你哥，对你哥很有好感呢！"

"那我就放心了！刚才看我哥的脸色还有点担心，怕别人不同意会刺激到他！"

"你太不了解你哥了，别人不同意也刺激不到他，他还巴不得呢！ 因为他早已经把自己献给了党，献给了村民，村民们能过上好生活才是他期盼的。 这次如果不是我逼他，他根本不会同意见人家姑娘！ 也许我做得不对，但我是一个母亲，我不想让他一辈子孤身一人！"

杨水章点头："娘，您做得对！"

这边，杨水才根本没有去集市，而是去邻村找到了那位姑娘，他对姑娘说了自己的病情，姑娘说自己不在乎，还要陪他去治疗。 杨水才对她说自己这病治不好，不能连累到她，并请她帮助自己对他母亲说一个善意的谎言。 姑娘也被杨水才的真诚善良和孝心打动了，答应了他的请求。

杨母在家左等右等不见杨水才舅舅带姑娘过来，就让杨水章去舅舅家问一下。

中午，杨水章回来对母亲说："娘，我舅说那位姑娘不来了，她说自己托人了解到我哥的病很严重，就不想和我哥见面了！"

"啊！"杨母只觉得血压升高，差一点晕了过去。

这时杨水才也回到家里，手里拿着出门时的那个篮子，篮里放着几把青菜。

杨母似乎明白了什么，她问道："你买个菜，怎么去那么久？"

"这不是碰到几个村民，聊了一会儿。 怎么，这都中午了，大舅他们还没有来？"杨水才故意装糊涂问道。

听到杨水才如此回答，杨母也不再怀疑他，因为她知道儿子和村民一说事情就会忘记时间，村民有一点小事情，他都会当成天大的事情来办。

她长叹一口气，面带悲伤地回答说："他们不来了……"

杨水才内心对母亲说了好多对不起，他也不想这样，谁不想结婚生子啊，可都是父母的宝贝女儿，不能害了人家啊……

半年后，在杨水才的坚持下，弟弟杨水章结了婚，这对杨母来说，也是一个心理安慰！看到母亲露出笑脸，杨水才的心里也好受了一点，从此他更加忘我地投入到水道杨村的发展工作之中。

1959 年，杨水才一心为公的名声越传越远，渐渐地，其他村也想找他出谋划策，杨水才的梦想本就是为了人民群众，所以他毫不犹豫地接受了其他村的邀请。

就在杨水才正忙着改善别的大队生产时，桂村公社书记彭连仲找到了杨水才。

桂村是许昌县的一个公社（1985 年改为乡），辖桂西、桂东、小郑等十多个村，杨水才所在的水道杨村就归桂村公社管理，但是大多村子并不富裕。为此，桂村公社领导们想了很多办法，但都没有成功。

偶然有一天，彭连仲听闻了水道杨村的一些成功事例，也知道了这成功绝大部分功劳都应归于一个叫杨水才的人，于是他骑着车子来到水道杨村，请杨水才给桂村公社其他一些落后村大队党支部提一些建议。

杨水才没有让他失望，对每个大队杨水才都根据该村的具体情况给出了意见。

1960 年，一些落后大队按照杨水才给出的建议实施以后，经济获得了很大的发展，为此桂村公社党委研究决定任杨水才为桂村管理区副主任。桂村管理区是几个村子连成的片区，水道杨村就在片区中。

这一年，杨水才 35 岁。

杨水才的生活节奏更快了。 他有时去大队党支部和书记说一说村上的事，有时去桂村管理区和主任共同探讨其他几个村子的问题，半夜回来再和母亲聊聊天。 母亲说水章都有儿子了，还是催促他结婚，他总是摇头，母亲没办法，老是叹息。

这日杨水才稍微清闲一点，在自家的院子里坐着看天空飘浮的白云。 云傲然于苍穹之上，千般姿态，万种风情，变幻莫测。 时而绚丽如虹，时而洁白似雪；时而蒙蒙如雾，时而淡淡似烟。

"好美啊！"杨水才忍不住赞叹，有一种岁月静好的感觉涌上心头。

这时，他远远地看见一个小男孩摔在了泥土地上，急忙站起来，跑过去把小男孩抱起来说："不哭，不哭。"

孩子的小手都摔得出了血，可是那孩子竟意外地没有哭。

杨水才摸了摸他的头说："真棒呢，流了血也不哭！ 真坚强！"

小孩子似乎被鼓励到了，看着杨水才说："我听别的小朋友给我讲过解放军的故事，他们说解放军很坚强，他们连被子弹打中都不哭一声呢。 我也要像他们一样坚强！"

杨水才听着听着就笑了，"小孩子不要总想着打仗，现在已经没有战争了，已经是和平年代了，我们的国家已经安全了！"

那孩子笑了笑说："对，就是解放军把国家变得安全的！"

杨水才越看这小孩越觉得喜欢，他一把把小孩抱起来，"来，我带你去清洗伤口，不然会发炎的。"

杨水才小心翼翼地帮孩子清洗了伤口，有好几次小孩的手都颤抖不已，但是他始终没有哭一声。

杨水才替孩子整理完后说："好了，快去上课吧，一会儿该迟到了。"

谁知道那孩子听了这句话之后并没有走，而是直直地看着杨水才，最后像滔滔江水决堤一样地放声哭起来。

杨水才忙帮他擦眼泪，不解地问："怎么了，不是说过要坚强吗？怎么哭了呢？"

小孩子呜呜咽咽地说："我没上学，可是我想去上学……"

杨水才想了一遍小孩子说的话，心里得出结论，现在的学校都是收费的，还有一些家庭支付不起这个费用，也有一部分家庭认为读书是没用的，所以他们自己的孩子即使很想读书也读不了。

杨水才看着这个孩子，轻轻地对他说："你别哭，我答应你，我一定会让你到学校里去，我一定会让你读上书！"

杨水才不仅仅是说说，他也确实付出了行动，他第二天就找到了那个孩子的父母，是村北面的陈家。

陈父是个老老实实的农民，家里的地少，他就只能靠上山打柴多赚点，陈母也会织毛衣来补贴家用，一家人的生活过得虽然拮据但也充实。

杨水才来的时候，一家人正在吃饭，他敲了敲门，是陈父开的。

杨水才闻见饭菜的味道，笑着说："来得真不是时候，打扰你们了吧？"

陈父认识杨水才，知道这是救活水道杨村的功臣，他忙说："不打扰不打扰，快进来和我们一起吃吧。"

"不了，你们先吃，我等你们一会儿，吃完饭我们再说！"杨水才忙说。

陈父说："我已经吃好了，您有什么话可以对我说了！"

杨水才没有说太多的客套话，直截了当地说："陈哥，你有让孩子上学的念头吗？"

陈父听了这话明显犹豫了，他轻轻摇摇头说："曾经有过，现在没有了。"

杨水才又问："为什么没有了呢？"

陈父不回答，一双眼里全都是艰辛。

杨水才又说："你知道吗？我昨天遇见了你的儿子。你的儿子摔倒了，手心和小屁股全都破了皮，出了血，地上有很多的小泥土、小石块。我一个大人看着都很疼，可是你的儿子很有骨气，他说不疼！他说要向解放军学习，无论多疼都不掉眼泪！"

陈父第一次从别人的嘴里听见儿子表现得这样坚强，他心酸却又骄傲！但杨水才接下来的一番话让陈父心里五味杂陈！

杨水才继续说："我以为你的儿子是在去学校的路上摔倒的，于是我在帮他清洗完伤口之后，就叫他去学校，可是他却哭了，哭得很伤心。他说自己是一个男子汉，说无论多疼都不会哭，可他因为上不了学而哭了！你们知道孩子有多想上学吗？ 你们知道他有多渴望校园吗？ 你们知道孩子有多想在学校里和小朋友一起玩吗？"

陈父心里难受极了，确实，他对不起儿子，可是他也没办法。

陈父说："如果我有能力，我一定会送他去上学！ 我儿子从小就聪明，做什么事都认真，他如果在学校一定每一次都能给我拿回一百分！ 可我没有那个条件！ 我已经尽力了，我每天都要干活，干完了地里的活就要上山干山上的活！ 可就算这样，我们还是只能勉强解决温饱，况且我还有一个女儿和一个嗷嗷待哺的小儿子！ 学费对我们来说，是一年的饭钱，是救命的钱！ 我想让我的儿子出人头地，可我更想让我的孩子们都能够活下去！"

杨水才听完了陈父这番话，才感受到那份为人父母的不易与艰难。 富裕倒也就罢了，若是贫穷那处处都是不好过的！

杨水才最后说："如果有机会让孩子上学，你愿意吗？"

陈父像是听到了不可思议的事情，他问："您说您有机会让我儿子上学？"

杨水才坚定地说："对，如果有，你愿意吗？"

陈父的眼眶微红，"我当然愿意，我天天盼着孩子能读书，将来长大后能有出息！"

杨水才叹了口气，又像是鼓起了勇气说："给我几天时间，我尽自己全力让孩子上学！"

陈父心跳加速，感激的话有很多，到了嘴边却又都哽住了。

最后，陈父握着杨水才的手很久很久！

杨水才告别了陈父之后并没有回家，而是直接去了村里唯一的"学校"。其实这算不上一个真正的学校，因为里面只有两个老师。

两个老师是公社派给水道杨村的，都有着国家的拨款，也称得上是活工资了。

两个老师对杨水才早有耳闻，他们只知道杨水才十分坚毅，当了好几年的兵，回村又十分努力，积极为村里做贡献。他们一直以为，这个杨水才是个老人。

"杨水才同志，你好！"

"你们好！你们好！"

杨水才也是第一次看见两位老师，他们年轻有活力，一看就是文化人。

杨水才说："早就听说了两位老师仪表不凡，今天看了才知道村民们说的不是假话。"

其中一位老师微笑着说："之前还一直以为杨水才同志是一位老人，没想到这么年轻！"

三个人寒暄一阵，杨水才就迫不及待地讲出了自己前来的目的，他说："老师，不瞒你们说，这次我来是有目的的。"

两位老师自然也清楚这一点，于是就静静听他说下去。

杨水才叹一口气，"我前几天遇见了一个小孩子，小孩很小，却很坚强，摔破了手也不哭。只是在我提及上学时他才掉了眼泪，因为他上不起学！"

杨水才看了看两位老师，看他们没有接话的意思，接着说："你们看，学费是不是可以通融一下，水道杨村的一些人虽然已经能吃饱饭，但还不富裕，尤其是家里孩子多的，负担也较重，没那么多钱来让孩子上学。"

两位老师似乎也很无奈，其中一个对他说："杨水才同志，我们也想让所有的孩子都来上学，可是我们的条件也是不允许的。学校的课本都需要钱，我们靠公社拨的钱也只是能勉强吃饱饭而已！"

杨水才何尝不知道他们的难处，"我已经和公社申请了，如果公社同意减免学费，你们愿意让所有的孩子来上学吗？"

老师们又犹豫了，因为即使学费有了解决的方案，可学生数量太多他们也是管不过来的。

杨水才看着他们为难的表情，继续说："你们都是知识分子，应该都知道知识有多重要，不读书有多可怕。不读书只能一辈子干苦力活，永远没有出头的时候！我小时候家里很难，我父母还是砸锅卖铁想尽一切办法让我去读书，你们不知道穷人家的孩子读起书来多让人省心！他们只是默默地汲取知识，他们不会破坏课堂纪律，因为课堂对他们来说是神圣的，是伟大的！我知道你们的顾虑，我也理解你们。你们担心孩子一多你们自己也会顾不过来，自乱阵脚。可是我还是想要你们相信我，这帮孩子会珍惜来之不易的学习机会，他们会一个比一个认真……因为当年的我就是这样的，当时虽然我只读了两年，但那却是我整个儿童时期最充实的两年。"

杨水才说着说着就站起来了，他对两位老师深深地鞠了一躬说："我求你们，让这帮孩子上学吧，有了知识，他们将来才会有一个好的出路，才能更好地为老百姓服务！"

两位老师其实也被杨水才感动了，看见杨水才朝他们鞠了躬之后便受宠若惊地站起来说："杨水才同志，不要这样，我们同意！"

杨水才一听他们同意，一下子抬起头。

老师说："其实你开始说的时候我们就动摇了，我们只是担心，担心教不好这帮孩子……"

杨水才握住了他们的手说："你们可以的，你们是国家的人才，是国家的栋梁，你们一定可以教好国家未来的栋梁！"

在杨水才的努力下，公社不仅给水道杨村送来了书本，还让杨水才兼任水道杨村小学校长一职。

是其中一位老师带着公社一位领导给杨水才送的信，公社领导向杨水才宣读了任命书。

老师以为杨水才听了会很高兴，但杨水才的样子似乎不是很高兴。

杨水才问："校长的薪水是多少？"

老师很意外杨水才会问这样的问题，但还是如实说了钱数。

杨水才听完了钱数之后说："校长的薪水为什么要这么多？ 我这个校长教不了书，充其量也只是一个名誉的，只能帮着干干学校的活，不需要那么多。 以后公社要是把我的工资发下来了，那你就把我的那份全都给孩子们买书本、买铅笔，这才是把钱用在刀刃上。"

老师听了杨水才的话感到羞愧，他虽然是个知识分子，却还没有杨水才懂得做贡献，懂得牺牲自己照亮他人！

"杨水才同志，您是好样的！"老师对杨水才心服口服，真心地竖起了大拇指！

自 1961 年杨水才任小学校长之后，无形之中就给孩子们带来了优良美德的熏陶和感染，让孩子们真的是见识到言传身教！

不要人夸好颜色，只留清气满乾坤！

杨水才做这些事，并不是为了能让自己的名声更好听，而是为了跟随自己的内心，为了更好地服务人民！

杨水才不属于任何一个人，他属于老百姓，属于国家！

第五章　愿做春泥护娇花

　　1961 年的水道杨村，经济上比原先好了一些，村民们能吃得饱了，睡觉也就踏实了。 这在别的村是不敢想的，特别是1959 年、1960 年、1961 年三年大旱的情况下，水道杨村依然获得了丰收。 这都是在党的领导下，成立互助组、合作社和岗地旱魔做斗争的结果，这也是杨水才没日没夜、呕心沥血的结果。

　　好多村民感谢杨水才，他却谦虚地说："是毛主席指引的社会主义道路好……"

　　现在的水道杨村，只要小孩子到了上学的年纪，都可以去学校接受教育。 祖国的花朵可以尽情地开放了，不再怕强风和暴雨。

　　在杨水才看来，水道杨村越来越好，乡亲们的脸上都在诉说着喜悦。 他的心中犹如喝到蜂蜜一样甘甜。

　　有小孩子跑过来，一排一排的，每个人身上都背着小花布书包。 那书包里面装着的是他们的梦想，是国家的希望！

孩子们见了杨水才，一个接一个地说，校长好！ 个个声音清澈动听，像极了清甜的井水，就这样温润着他的心。

杨水才笑着回答他们，"快上学去吧，要迟到了。"

孩子们跑得飞快，脚下的尘土都被带起来，顿时黄沙一片。

杨水才看着一个个小豆子奔跑的背影，嘴角的笑容绽开了。 他的梦想很小，他希望百姓都过上好日子。 他的梦想很大，他希望整个中国都繁荣昌盛。

风一点，雨一点，都是他对国家的万点希望。

就在 1962 年，杨水才经过全村人推举，光荣地担任水道杨大队党支部副书记一职。

杨水才知道，自己能当选这个职务是村民们对自己的信任，这称号不仅意味着荣耀，更意味着责任。

大队党支部副书记一职让他更努力地为村民奋斗！ 在当选的第三天，他和其他村的党支部书记去了长葛县（现为长葛市）一个先进村考察，目的是学习先进经验。

杨水才和这个先进村的党支部书记刘伟业相谈甚欢。

刘伟业看向杨水才的眼神满满的都是欣赏。 他欣赏这个年轻有为的小伙子，他不仅让水道杨村村民过上了好日子，还有着许多人都没有的优良品质，有了成绩不骄傲，还那么踏实肯干。

这个先进村粮食产量高，人们生活水平高，受教育程度高，所以被评为先进村。

但众人一进村，首先感觉到的还不是人们的富足。 他们被眼前的景象震撼到了：村里二十米远便有一个小型苗圃，苗圃安置得整整齐齐，里面的作物多种多样。

战争结束才十几年，能吃饱就已经不错了，没有人会把村里的环境看得那么重要，但这个村是个例外。

杨水才对刘伟业说："环境是好了，但这样一来，会不会是无用功啊，农民的收入不会有明显的提高吧……"

刘伟业还是憨厚地一笑说："对村民的收入没什么作用，但是护住了村民的肺啊。"他向前走了两步，随手拔掉苗圃里的杂草，"咱们这个地方，风沙大，早就把人的肺吹伤了。 乡亲们再努力，粮食产量再高，身体没了不就什么都没了……"

有的人说："这苗圃的成本也太高了……"

刘伟业立刻反驳说："要是真的有人因为风沙问题让肺生了病，不是要花更多的钱吗?！ 这苗圃对于村民的身体来说是最好的保障！"

杨水才说了一声"好"之后，带头鼓了掌。 他认为刘伟业说得没错，钱可以用一生一世去赚，但生命没了就什么都没了，什么也没有生命重要！

杨水才自己有肺结核病，知道这病的痛苦。 不能让村民也患病！ 他在这一刻决定，和大队其他同志商议，要在村里建苗圃，也让水道杨村民的生命安全得到保障！

杨水才在外面考察了五天，回到家之后连午饭都没有吃就和大队几位班子成员商议去了。 一开始有三位同志并不赞同，他动之以情、晓之以理，最后大家都同意了他的建议。

党支部会议结束后，几位同志都先后回家了，只有杨水才还坐在办公室沉思，他认为现在要做的工作就是选好苗圃的地址，然后再说服村民们集资建造。

这过程很艰难，但杨水才还是选择去做。

傍晚，他先是拿着村里的喇叭，站在草垛上喊："乡亲们，麻烦大家出来一下，我有个事情要宣布。"

杨水才拍了拍喇叭，抬眼已经看见杨清明从屋里出来了。杨清明伸了个懒腰说："你怎么还没有回家，什么事这么急啊，这可要吃晚饭了。"

杨水才听了杨清明的话一惊："我都没发觉已经到晚上了，大家不用着急出来，有生了火做晚饭的先把灶火灭了再出来，春天风大，容易走火！"

有不少人一听见杨水才的声音就出来了，完全忘了灶台里还生着火，听了杨水才这话，又急匆匆折返回去，把火灭了之后才出来。

大概过了一刻钟，村民才全部到齐。 杨水才说："前几天我们去先进村考察，发现他们的村子里面有了很多小苗圃。我考虑了一下其中利弊，下午党支部几位同志共同研究，觉得咱们水道杨村也可以种上苗圃，现在想听听大家的意见！"

底下的村民一听这话都炸开了锅，反响不一。

"苗圃挺好的，建吧。 水才哪一次坑了咱们？"

"建苗圃还需要钱呢，咱们这日子可刚刚好过点……"

"别说需不需要钱，就说那苗圃建成了有什么用吧，你想苗圃那么小，小麦种不下，也提高不了生产，种那苗圃有什么用呢……"

"水才肯定也是为了咱们好，咱们就听他的吧。"

…………

　　　　　　　　　　　　小车不倒只管推

众口难调，底下的人争了个底朝天也没辩出个一二。

这时终于有人问："我就想问问这苗圃到底有什么用啊？能增加我们每年的粮食产量吗？"

站在高处的杨水才摇摇头说："不能。"

村民们一听建苗圃不能增加产量，瞬间都一边倒，不同意这个建议。

杨水才接着说："乡亲们，我必须如实告诉你们，建苗圃不会增加收成，而且还需要每家每户集点资！"

村民一听要集资，不满的情绪就更多了！

杨水才很理解，因为大家刚刚吃饱饭，手里没有多少钱，就算有一点，大多数人都要把钱存起来，以备生病时能够继续活下去！所以一听说要交钱，村民的脸上都是不满的。

"要花钱，还不增产量，这样的事谁愿意做啊……"

反对的声音越来越多，站在高处的杨水才用喇叭大喊了一声："请乡亲们听我说！"

村民们安静下来，等待着杨水才的话。

"我一开始见到人家村的苗圃时，也问了别人和你们一样的话，我问，这个能增加收成吗？他告诉我不能。那时候的我和你们的态度是一样的，我说，这样的话我们就不建了，费钱费力。但人家对我说，这苗圃是他们村民的生命保障！"

底下的人听蒙了，不解地问："建苗圃能保障啥？"

杨水才说："大家都知道，村子里多风沙，大家常年在村中干活是不可避免的。长期以来，大家的肺肯定或多或少有损伤！我不想让大家有事，所以在村里建苗圃对我们的肺是有好处的！我们党支部要带你们过上好日子，要享受好日子！ 不能是好日子来了，我们却无福享受了！ 那才是最大的损失！"

杨水才的一番话彻底唤醒了村民，他们一直以为杨水才这次的举动是无用的，可没想到却是关乎他们性命的大事！

渐渐地，开始有人响应杨水才。

"建苗圃吧！ 我姑就是因为肺感染走的！ 她走那年才三十二啊！"

日子穷了至少有亲人可以互相取暖，但要是亲人都走了，日子富裕也开心不起来了。

"建苗圃吧，我们出钱！"

"是啊，建吧！"

…………

因为杨水才的一番话，乡亲们真正认识到了建苗圃的重要性，也明白了杨水才的苦衷，建苗圃不是为了好看，而是为村民的生命安全着想！

杨水才听着村民的声音，感觉自己的努力没白费。

"乡亲们，谢谢你们相信我！ 我也想对你们说，我们现在已经足够努力去实现我们的梦想，所以我们不能因为一些可以避免的问题就影响了我们今后享受好日子的机会！ 这个苗圃就是我们身体健康的最好保障！"

杨水才说完之后，掌声不断响起。 村民们甘愿为自己的健康付出一点金钱的代价，因为他们知道，今天这一切都来之不易啊！

日头已经彻底落下去了，杨水才想起很多人家饭都没顾得吃，准备挥挥手，让人群散去，忽然一条思路又在他脑海中闪现。 他兴奋地说："如果苗圃能建好，改良了我们的土地，以后我们也可以试着种一些柿子树等，既能美化我们的环境，又能增加收入，一举两得！ 但这是以后的事情了，我们要有长远打算，现在首要的是建好苗圃！"

村民们沸腾了，纷纷称赞这是个好主意！

人群散后，杨水才也回了家，他正在想怎么才能建设好一个苗圃。 村民同意建苗圃只是计划开始的第一步，但也是最重要的一步！

接下来虽然步步是险境，但杨水才坚信自己可以完成，因为这是关乎村民健康的大事！

第一步是改良水道杨村的土地。 水道杨村的土地蓄水能力弱，很难留住水分，而种植苗圃讲究土地湿润。

杨水才自己在屋里憋了半天，也想不出一个能够改良土地的办法，他实在无能为力了，想了一想还是决定去和杨清明聊聊天，然后再找村里几位老人好好聊聊，拓宽一下自己的思路。

杨水才刚想出去，看看高悬的明月，突然收回了步子，心里想，这么晚了，杨书记或许已经睡了。 于是他转身，往炕上铺了一床被子，吹了油灯就睡过去了。

梦里他梦见成片成片的苗圃，老人在大风天也会出来散步；沙尘再也没有光顾过水道杨村，村民的脸上都洋溢着幸福的笑容……

梦很快就醒了。

杨水才坐起来看了眼窗外。 天亮了，已经有人在村里走动了。 杨水才快速穿上衣服洗漱一下，然后就马不停蹄地去找杨清明。

杨清明刚刚起床，正在泡茶。

"来，喝一杯茶。"

杨水才坐下，从自己包内拿出杯子递给杨清明。杨清明接过来给他倒了一杯。没等杨水才开口，杨清明就说："我知道你的来意，也不想泄你的劲，咱们村的土，现在还种不了苗圃啊！"

杨水才见杨清明回答了自己的疑问，于是说："哎，我昨天自己闷着想了半天，也没有个头绪，只能来请教您，和您聊聊天，看有没有一点思路。"

杨清明喝了一口茶说："咱们的地不是盐碱地，就是沙土多了点。"

杨水才等不及，抢着说："那怎么办？"

杨清明想了一会儿，忽然想到了蓄水池。他的眼睛一下子明亮了，看着杨水才大声说："呀，我刚刚想起来，咱们村不是有蓄水池吗，蓄水池里的土能留住水，那就一定可以建苗圃！"

杨水才一拍大腿，对啊，他怎么没想到，他怎么没想到！

杨水才急匆匆道了一句谢就冲了出去，直奔东西两岗的蓄水池，看了看蓄水池边上涌出的泥，如释重负地笑了笑。

改良土地的完成不代表苗圃就可以正常种植了。杨水才还要考虑树苗或者种子的问题，还要考虑水源的问题……道道是难题，道道难攻破！

杨水才找到一家卖林木的小店，一问价钱，吃了一惊。乡亲们集资的那点钱根本就买不了多少树苗，而如果把东西两岗都建成绿化带，需要四万多棵树苗！

那就自己买种子育苗！ 粮食的种子好找，可苗圃的种子杨水才自己还真是找不到！

这时杨水才想到一个人，就是那个先进村的党支部书记刘伟业。

因为他们的苗圃长得好，而且苗圃内有多种多样的植物。况且邻县和水道杨村是一个气候，只是土质稍微有些不同。

杨水才在当天下午便骑上车子去了长葛。 好在距离并不是太远，杨水才骑了三刻钟就到了。

一个村民注意到了他，"哎！ 骑车子的那个！"

杨水才听见有人在喊，而且似乎是在喊他，便停了下来。

他回头冲着村民指了指自己说："是在叫我吗？"

村民走过来问："就是叫你，你不是这个村的吧？"

杨水才听到这话才明白，这是让人怀疑了。 他笑着说："我确实不是这个村的，我是许昌县水道杨村的。"

村民还是不信他，又问："那你来我们村干什么？"

杨水才耐心地解释说："我是水道杨大队的支部副书记，我此次来就是想请教你们刘书记一些问题。"

村民一听这人有正事，并不是来找碴儿的，脸上的恶意也就消散了，不好意思地说："原来是这样啊，怪我了。 刘书记家在南边呢，你找错地方了。"村民好心地提醒杨水才。

杨水才感谢说："我人生地不熟，谢谢你了。"

说完再次蹬上车子向南边骑去。

骑了一会儿，他果然看见刘伟业在院子外乘凉，走过去声音不大不小地喊了声："刘书记，我是杨水才。"

刘书记听见声音，就走过来说："水才！"他看见杨水才也很惊喜。自上次分别后，他就对这个年轻人念念不忘，"水才，你来了怎么不事先告诉我一声呢！"

杨水才看见刘伟业如此热情，也感觉到开心："我是有事情前来求您的。"

刘伟业把杨水才拉进院子里说："你先坐着，我给你拿点水，太阳这么烈，渴坏了吧？"

杨水才确实渴坏了，也就没有推托，把自己的杯子给了刘书记后还客客气气地说了句谢谢。

刘伟业从屋里拿了水出来，杨水才喝了整整一杯，然后开门见山地问："刘书记，其实我是想请教您，你们村里的苗圃种的都是什么呢？"

刘伟业说："要说种什么啊，可要让我好好想想。似乎种了三四种小树，七八种花草。名字太杂了，有些记不清了。"沉思一会儿，他把几种树的名字告诉了杨水才。

杨水才听了听，感觉自己的村子也可以种植这些，于是又问："刘书记，那你们村子的种子是从哪里买的呢？"

刘伟业说："在我们公社旁边的街道上买的，但叫什么倒是记不清了，好像是一个挺大的店，里面种子种类也不少……"他又低着头想了一会儿，"想起来了，你就在公社前面那条街一直向西走，走到头，就看见了！"

杨水才把刘伟业说的地方默默记在了心上，然后发自内心地感谢说："刘书记，真的谢谢您，我代表水道杨村的所有村民谢谢你！"

刘伟业也语重心长地说："水才，你我的希望是一样的！

我们都不仅是希望自己的村子好起来，还希望许昌地区好起来，河南好起来，中国好起来！今天就算是别的村子来问我，我也会毫无保留地告诉他。"

杨水才握了握他的手说："刘书记，您是个好干部！"

刘伟业也回握他的手说："水才同志，你又何尝不是呢？我相信，在我们所有党员干部的努力下，百姓一定会过上好日子的！"

杨水才购买了适合当地种植的用材林和果木林树种，带领群众开垦荒地作为苗圃，很快就育苗四万余株。到了夏天，培育的果树苗该嫁接了，村里没有人懂这项技术，杨水才非常着急，他自己带着干粮到长葛县太平店林场拜师学艺。因为天数多，杨水才又不愿意麻烦林场的同志，于是他坚持每天回家住宿，从不在生活上麻烦林场同志。

那段时间，杨水才风里来、雨里去，日头未出便上路，月亮出来才能到家，每日来往百余里！夏日多风雨，加上天天只能吃干馍充饥，杨水才的肺结核病更严重了。

一天，乌云密布，暴雨将要来临，林场的师傅对他说："水才，我看着天要下大雨了，你今天就住在这儿，明天再走吧！"

杨水才叹气，"不行啊！村里还有几万棵树苗啊！"

说完，他就顶着大风上路了，没走几公里，天空就下起了瓢泼大雨，此时他的肺结核病又犯了，吐血不止，几次滑倒，都强撑着站起来，直到深夜，他才拖着一身血水回到家。第二天一早，他不顾病痛，又钻进密密麻麻的苗圃里，把自己学到的技术传授给群众。为让群众尽快学会技术，他在炎热的夏天，从早到晚坚持干活。

杨水才又患上了风寒，有一次累得昏倒在苗圃里。

当杨母把杨水才从苗圃里扶回来的时候，心疼的泪水倾泻而出！ 但她知道，这是儿子的使命！

最终，事实也正像杨水才所想的那样，苗圃的建立不仅让村子焕然一新，更让许许多多的群众免遭肺病的威胁。 水道杨村的村民用一个苗圃给自己换来了身体健康的保障。

这一片苗圃也为 1965 年全村全面开始植树造林打好了基础。

水道杨村似乎没有什么可以令杨水才担心的事了。

但杨水才永远不会停下自己为人民群众服务的脚步。 他没有忘记自己还是管理区副主任，他还肩负着繁荣公社其他贫困村的使命！

杨母心疼儿子这般不要命地工作，她说："儿啊，你这日日为村子操劳，有时整夜整夜不睡，如今村子好了，你也该歇歇了。 就像你说的建苗圃的初衷，人活着应该是享受好日子的，别到了有好日子的时候，自己却享受不了了……"

杨水才听着母亲的话，手上的动作却没停，还是往包裹里放着衣服，嘴里说："娘，我知道你心疼我。 可我是桂村管理区副主任，我不能占着位置却什么都不付出啊……再说了，我是给乡亲们创造好日子的，乡亲们过上好日子了，就相当于我过上好日子了！"

杨母终于忍不住落泪，哭泣着说："我的儿啊，娘心疼你啊。 我多希望你把事情往后推一推，休息个三五天，把身体调理调理再去忙你的大事……"

杨水才看见母亲哭了，心里也不是滋味，他抹了抹母亲的眼泪，安慰她说："娘，苦了我一个，幸福千百个，苦了我们这辈人，幸福下一辈，不能等更不能拖，我们这辈人能做的事情就尽量都做了！您放心吧！我壮着呢，我会照顾好自己！"

杨母深知自己阻挡不了杨水才，于是说："你要说话算数，好好照顾自己！"

杨水才见母亲不再难过了，心里也就如释重负了，但杨水才却不知道，在他转身离开的时候，杨母又已经泪流满面了……

1963 年，有两个月时间杨水才把工作重心从水道杨村转移到桂村管理区。

他在桂村管理区开展的第一项工作还是解决孩子的上学问题。他认为世上的人应该只有五种："一是高尚的人，具有高尚的共产主义风格，毫不利己，专门利人。二是纯粹的人，毫无自私自利之心，不损公利己。三是有道德的人，把方便让给别人，困难留给自己，助人为乐。四是脱离了低级趣味的人，不做坏事，不说坏话，不做对党对人民没利的事情。五是有益于人民的人，一心一意为革命，全心全意为人民服务。"（这是杨水才学习毛主席著作总结的原话。有记载。——编者注）

杨水才作为一个革命战士，认为自己的一生应该是革命的一生，斗争的一生，学习的一生，总结起来一句话，那就是为人民服务的一生！

他不希望这个世界上有自私自利的人，也不希望有人不学无术。所以他要靠自己的力量去帮助那些孩子，让他们成为对这个社会有用的人！

杨水才在整个桂村管理区的名声都很好，桂村管理区的老百姓都知道杨水才是一个为人民可以赴汤蹈火的人！

一次，他在回水道杨村的路上，遇见正在耕种的一位邻村老伯。老伯七十多岁，身体蜷着，正蹲在地上捡失手滑落的种子！

杨水才看着心酸，立刻跑过去帮老伯的忙。

老伯认出了杨水才，于是说："谢谢了，谢谢了，水才，你是个好人啊！"

杨水才笑，替老人把种子捡干净后问："老伯，天都黑了，怎么还没回去啊，晚了路就不好走了。"

人老了难免眼睛昏花，晚上要是没月亮，路都走不远。

"活没干完呢，不能回啊，回了今年就没收成了……"

杨水才心里不是不震惊的，因为面前这个老人年岁已高，本不应再出来干活了，现在有贫民政策，老人应该不会为了温饱才如此，于是他问："老伯，您的家人呢？"

老伯听了这话，先叹了一口气："我家就两口人，只有我还有我那十五岁的孙儿……我儿子和儿媳妇，早在十几年前就……就走了！可恶的战争哦……"

杨水才听到这儿才明白，原来老伯的家庭被战争残害过，所以才会如此。他又问："那您小孙子呢，年轻不正是有力气的时候？"

老伯摇摇头："我孙儿要当人才的，他还要上学呢……"

杨水才有点疑惑，因为学生在学校的时间不算太长，老伯的孙子应该早就放学了，为什么不出来帮帮老伯呢？

杨水才实在想不明白，于是问："老伯，这时候了，您孙子到了放学的时间了吧……"

老伯没犹豫，回答说："到了到了，早就到了。"

杨水才看了看四周，没发现一个小孩子的身影，于是他又问："那为什么您的小孙子不来帮帮您呢？"

老伯摇摇头说："我怎么能让他来帮我，他放了学就要做功课的。再说了，他现在上中学，就该去好好上学，我虽然没读过书，却也知道读书的重要性！"

杨水才听着，有些心酸但又欣慰。心酸的是老伯一个人驼着背干着农活，欣慰的是，即使老伯这么苦，也没有让自己正在读书的孙子辍学！

两人正聊着，老伯看了看月亮说："也该回来了，往常这个时候都到这儿了啊……"

杨水才听不太清老伯的叨叨，于是问："老伯，您刚才说什么回来了……"

老伯刚想解释，却看见不远处有三五个小小的身影走来了，他指着那边，对杨水才说："我孙儿，我孙儿回来了！"

杨水才心里不是不惊讶的。这都已经出月亮了，上学的孩子才到家。他看着远处的三五个小小的身影，心里酸酸的。

老伯颤颤巍巍地走了过去说："孙儿，爷爷在这儿呢！"

只见一个小身影跑了过来，挥动着手说："爷爷，我看见您了！"

那小身影走近了，和老伯相拥在一起。他看见孩子仰起头看着老伯说："爷爷，我今天考试了，我是班里的第一名呢！"

老伯听着孙儿的话，竖起了大拇指，激动地说："真棒，孙儿真棒！ 爷爷回家给你做鸡蛋羹吃！"

小孙子点点头，看见了站在爷爷身边的杨水才，"爷爷，这个叔叔是谁啊？ 我怎么好像从来没见过……"

老伯说："这个叔叔啊，他之前可是一个解放军！"老伯对孙子解释之后对杨水才说，"上我们家喝点热水再走吧，天都大黑了！"

杨水才本来要拒绝，但看着十五岁的孩子因为营养不良身高好像只有七八岁的样子，残酷的战争让这个少年成为孤儿，他的心中别提有多难受，于是点点头，接受了老伯的邀请。

杨水才到了老伯家里的时候，发现老伯的家很大，还养了一些鸡鸭，而且屋里还有一些摆设。 看样子，老伯的家里不算太穷。

他问："老伯，看您家里的样子应该还算不错，为什么要去干那么重的活呢？"

老伯从篮子里拿出一个鸡蛋，搅拌开了洒在锅里："家里这个样子啊，都是我儿子还在的时候弄出来的。 那时候儿子和儿媳能干，也肯干，生活还算可以。 但后来他们走了，我们也就只有吃家底了。 再加上孩子上中学了，这附近最近的一所中学都在离这里很远的镇上。 孩子中午回不来，学习还要靠脑袋，不能天天从家里带去饼子吃。 镇子里的饭菜也贵，我得让孩子吃饱啊，我干不动也要干啊。 唉，我儿子和媳妇已经走了十五年了，那时我的小孙子刚刚出生，如果他们能活到 1949 年就好了……"

老伯说得心酸，杨水才也听明白了为什么孩子这么晚才回来，为什么老伯拼了命地赚钱。这一切都是因为村子的教育还太落后了。

自己的村子虽然有小学，但也没有中学。杨水才想了想，要是孩子们在回来的路上遭到了意外，那让在家里等待的亲人怎么活啊！杨水才不敢再想了，他必须想出一个办法，改善水道杨村和附近几个村上中学难这个局面，改变这几个村文化落后的现象，同时也为孩子们的安全再加上一道屏障！

老伯烧水的时间，杨水才和正在做功课的孩子说话。杨水才说："听说你在学校的功课很好，你爷爷一直在夸你！"

孩子有些脸红了，不好意思地说："其实……也就是一般好。"

杨水才笑了，又问："如果在村子附近开一所中学，你愿意去新的学校上课吗？"

孩子一听，立即说："我愿意！"

"为什么呢？"

"因为这样的话，我就能有时间帮爷爷干活了，也不用很早很早就把爷爷折腾起来，很晚很晚才让爷爷休息……我听老师讲，人老了就会很脆弱，爷爷老了，我没有见过自己的父母，但我不想让爷爷和爹娘一样离开我，我要好好学习，长大后好好孝顺爷爷……"

杨水才几乎要被孩子的一番话说得掉下眼泪，他似乎已经决定了接下来要做的事情。

老伯还在给他烧水，杨水才没有再麻烦老人，离开了老伯的家，摸黑回到水道杨大队党支部，点上煤油灯，坐在桌子前开始奋笔疾书。

他觉得，要造福就造福一方百姓，于是他把和水道杨村邻近的几个村子的名字都写到一张纸上，在纸上画出他们的方位，同时琢磨在哪一个地方建立中学会离这些地方更近。

外面已经是漆黑无比了，没有人家亮着油灯了，于是杨水才就靠在椅子上，盖上自己的薄布衫睡着了。

杨水才醒来的时候天已经大亮，所有的村民都起来了。他洗漱了之后就骑上车子去找桂村管理区主任商量建学校这个事情。

主任是很精神的一个人，五十多岁，眉目间都是神气。

主任和杨水才寒暄了一阵，笑问："不知水才同志今天要和我谈什么事呢？"

杨水才低下了头，然后重新抬起来："主任，不瞒您说，我这次过来，是为了学校的事。"

主任皱了皱眉问："你要建学校？"

杨水才坚定地点点头，主任却说："这事可不太好办！"

主任的答案在杨水才的意料之中，但他还是想试一试，叹气说："主任，我知道这件事很难，但我还是要如实和您说。"杨水才长叹一口气，"就在昨天晚上，我看见了邻村一群孩子从村口跑进村子里，在他们进了村之后，不过三刻钟，村里一片漆黑，再也没有一户人家继续点着灯。 这说明什么？ 这说明在外上学的孩子是最晚回来的人！ 大人们忙着农活，忙着给孩子们挣学费，没有时间去接孩子，孩子三五成群地从街上走回来。 主任，我骑车子到镇上还要三刻钟，孩子们又走不快！ 万一在路上遇见危险，做父母的，可怎么办啊……"

主任听得鼻头一酸。 杨水才说得没错，孩子没了，父母也就没法活了。 他也是有儿女的人，他也无法接受那种痛苦！

"你来说说你的建议吧，具体一点。"

杨水才心里一喜，主任这么说就是同意了。 要是自己的方案通过，孩子们的好日子就要来了。

杨水才说："我昨晚都想好了，在合适的地方建学校，附近七个村子的孩子都可以来上学，路上最多也就一刻钟。 关于学校的经费问题，申请公社给拨一点，剩下的我们自己出出力，实在不行了再向乡亲们征收一点。"

主任点点头，算是同意了杨水才的建议。

杨水才继续说："我想好了，现在的孩子不仅要学习文化知识，更要学好农业生产的理论，所以我们要建成一所打破常规的学校，建成一所新型的学校！"

主任很赞同杨水才关于新型学校的想法，所以对杨水才的建议立刻做了整理，上报给公社党委书记彭连仲。 杨水才又去了其他六个村子做工作，大家都一致同意。 彭连仲等公社几位领导都看好杨水才这个创意，又上报到许昌县，很快就得到了批准。

因为地址原因，学校组建的过程不是很顺利。 用了几个月的时间，才在一个旧戏园子的基础上进行了临时改造。 1963 年 9 月 1 日，一所由水道杨等七个大队创办的桂村公社农业中学终于诞生了。 杨水才因为为桂村公社农业中学贡献了特殊理念，被群众推荐，由公社点名出任桂村公社农业中学的校长。

第一期招了七十八个学生，杨水才和公社领导等一些人站在学校门口迎接每一个新生，每个人脸上都洋溢着笑容。

在欢迎大会上，杨水才高兴地问同学们："你们为何要上这个学校？"

同学们争着说："来学习毛泽东思想，增强建设社会主义新农村的本领。"

听到同学们都这样回答，杨水才的心情很激动，他兴奋地说："同学们，你们回答得很好！我们办这个农业中学，不是为了升官发财，而是为了培养高举毛泽东思想伟大红旗、坚持社会主义道路、热爱劳动、为人民群众服务的接班人！"

因为杨水才还要处理大队一些事务性工作，不可能天天待在学校，他建议自己只任名誉校长，请公社又指派一名名叫安法岚的同志担任校长，负责教学工作。

开学后，杨水才又在学校里停留了两周。在那两周里，和他朝夕相处的还是主任。

一日，主任问他："水才啊，听说，你曾经是解放军？"

杨水才点点头，回忆起了往事，他已经很少听别人说起他曾经是解放军的事情了。现在的人都知道他是大队干部，似乎都忘记了他曾经还是一名光荣的解放军战士。

杨水才说："是啊，之前啊，我是一名解放军，还参加了解放战争呢！"

主任来了兴致，高兴地说："给我讲讲呗。"

杨水才目光看向远方，讲了起来："当时啊，我随大部队南下，先是参加了安阳战役，接着又参加了解放汉口、长沙、衡阳、桂林等地的几次战斗。那时我年轻，浑身有使不完的劲儿，每次战斗我都冲在前头，奋勇杀敌。但后来就不行

创办农中

了，我家穷啊，从小身体多病，加之连续艰苦的行军作战，我就患上了肺结核。"

主任听得心里一揪："当时没休息吗？"

杨水才说："这点病算什么！小车不倒只管推，只要还有一口气，就要干革命。要完全、彻底地为人民服务，就要树立为革命而生、为人民而死的世界观。要搞好革命工作，就不能考虑个人的安危。对于病，你不能软，你越软，它越缠你！"

杨水才讲得器宇轩昂，听得主任都想拍手叫好。主任又问："那接下来呢？"

杨水才说："接下来啊，解放广东南澳岛。在那次战斗中，我的肺病发作了，但那时我仍坚持不下火线。我所在的主攻部队登上岛后迅即抢占滩头阵地，并大胆穿插对敌守军实施迂回包围，切断了敌人的海上退路，最后赢得战斗的全面胜利。仅用了两天时间，南澳岛宣告解放。"

主任欣慰地笑了，赞叹说："杨水才同志，你不是解放军，你也不是桂村农中校长，更不是水道杨大队党支部的副书记，你是中国的勇士！真正的勇士！"

祖国陆沉人有责，天涯漂泊我无家。

杨水才，你是真正的勇士！

第六章　为民闯出一片天

　　桂村农中步入正轨后，杨水才回到了水道杨村。 他骑着车子看着太阳从高处渐渐落在低处，然后渐渐不见。

　　杨水才知道，他还是回得迟了。 落日余晖下，母亲不知又第多少次站到门口望穿秋水般张望，只为看到儿子的身影出现在眼前，不管夜色如何深沉，只要他不回到家里，母亲从来不会睡眠。 他多次劝母亲不用等他，但母亲依旧如此，可怜天下慈母心！ 此生，他认为自己最对不起的人就是母亲！ 母爱之伟大，浩荡如海，来世结草衔环，也还不完母亲的深恩。想到此，他双腿用力，加快了车子的速度。

　　走进村口，杨水才隐隐约约地看见地上撒了许多的小麦粒。 他疑惑地看了看，到最后也没想明白。 最后他怕浪费，就用干粮袋子装了麦粒拿回了家，准备给村里的贫困户送去，也算是好事一桩。

　　他回到家，看家里还亮着油灯，母亲果然还在等他，他急忙踏进了屋里，对母亲说："娘，我回来了。"

杨母看见杨水才回来了，手上还拎着走时装干粮的布袋子，布袋子还是满的。她不安地问："你这些日子都没有吃干粮吗？"

杨母是担心的，担心他又废寝忘食地工作而忘了自己的身体。

谁知道杨水才说："娘，这里面不是干粮，是我在村里路上捡到的麦粒。"

杨母明显不信，摇头说："谁家的小麦多了？多了就扔吗？这好不容易才吃上饱饭，还会不知道珍惜啊！"说完把杨水才的布袋子拿到手里，发现竟真的是麦粒。

"我说了，真的是麦粒，就在村口捡的。"

杨母也纳闷说："难不成是谁家遭了老鼠了？"

杨水才把布袋子拿到手说："娘，不要再想了，很晚了该去睡了，等明天看看有没有人来问，要是没有那咱们就给村上的贫困户送去。"

杨母点点头，但直觉总告诉她这事有点不对。但到底是哪里不对，她说不清，干脆就不想了。

她站起身对杨水才说："你吃饭没有？我还给你留着饭。"说着就准备去帮儿子盛饭。

"娘，不用忙了。我已经吃过了，您尽快休息吧！"

"好吧，你也早点睡，别忙那么晚！"

杨水才急急地说了声好，就目送着母亲走向卧室。他自己也看着那麦粒想了好久，最后回卧室吹了油灯睡了。

一觉醒来天光大亮，杨水才伸了伸懒腰，收拾好之后出了门。

清晨，一轮红日洒下万道金光。没有人会不喜欢清晨，空气、阳光都是新的，清晨的一切都是新的。

杨水才在小路上走，突然看到一大群人聚在一起，还听到有忧心忡忡的声音。

杨水才走近了一看才知道到了李婶的家门口。

李婶在门口哭着，眼圈哭得通红，左右邻居安慰着她，其他的人似乎在谴责着什么。

杨水才走近，问一个村民："这是怎么了？"

村民一脸惋惜的表情看着他说："李婶的家被盗了！"

杨水才十分震惊，"什么时候？ 都丢了什么？ 人没什么事吧？"

村民轻轻地说："就昨天晚上啊，昨天他们一家人去李婶娘家了，今天早上才赶回来，回来就发现门被人撬了，谷仓也被人撬开了，里面的麦子少了好多。李婶一下子就蒙了……"

另一个村民叹口气，"你说这偷粮的损不损，人家忙活了大半年，这一下子就没了。"

杨水才听着村民的话，脑海里就出现了昨晚看到的那个景象，一行的麦粒……

杨水才突然在脑海里想象出了那个小偷行盗的过程——

小偷来到水道杨村，看见李婶一家人走了便放了心，拿着工具在夜晚撬开了门，背起粮食走了。至于地上那一行细小的麦粒，大概就是撬门的工具把谷袋划破了吧。

杨水才站在人群前，对着看热闹的村民们挥挥手，"散了吧！ 散了吧！"

村民们面面相觑，过了一会儿就散了，只留下李婶和她的左右邻居。

邻居安慰她说："别难过了，就当是破财免灾了，要不然指不定会出什么事呢！"

李婶流泪说："那可是小半年的粮啊……"

邻居也没话说了，只是默默地同情。

杨水才走近，"李婶，您别担心，偷粮的一定在这附近，不在咱们村就在附近的村子，我一定尽全力抓住他！"

李婶看了一眼杨水才，泪更止不住了，"水才啊，不瞒你说，我家今年没什么余粮啊，家里还有两个孩子，都是长个儿的时候，都要吃饭啊……"

杨水才听了也是心痛，他说："李婶，您别着急，我家还有余粮，我和我娘吃得少……要是实在没追回来，我就把我家的匀给您家一些！"

李婶听了赶忙摇头说："你已经帮了我们很多了，我们不能再这么做！"

杨水才笑了，安慰李婶说："我就是要为村民服务的，如今李婶您有难了，我怎么能袖手旁观呢！ 所以啊李婶，别难过了，快擦擦眼泪，您要相信我啊……"

李婶点着头说："我相信你，我最相信的就是你了……水才啊，真是太麻烦你了……"

杨水才不确定小偷还会不会来，但他知道，无论结果怎么样，都不能让李婶一家人吃不饱饭！

"不麻烦，我看乡亲们高兴我就高兴！"

杨水才又安抚了李婶几句，告诉她不要着急，事情总会有转机。 等到李婶情绪稳定之后，杨水才才离开。

　　杨水才没有回自己的家，而是去了杨清明家。

　　杨清明正看着桂村公社下达的各项指标，一个一个地勾选着，嘴角扬得很高。 见到杨水才来了，还是那副笑眯眯的表情说："来了啊！"他发现杨水才的心情明显不好，嘴角都绷着，笑问："村里出了什么事了？"

　　杨水才叹了一口气，眉头也耷拉着，"唉，昨天村里进了贼，把李婶家的粮偷了不少，李婶家地少人多，这几年才吃上饱饭，就出了这样的事……"

　　杨清明也叹口气说："流年不利啊，谁能想到偷粮的贼能来到水道杨村……"

　　说来也是，水道杨村一直没有贼来过，原先是因为村子太落后，很少有人家吃饱饭，粮仓里更是空空如也。 做贼的都有不走空这一说，可见当初的水道杨村真的一无所有，所以也就没有人上水道杨村来偷盗。

　　是这些年日子慢慢地变好了，所以把贼也招来了。 杨清明不知道这是祸还是福……

　　杨清明说："别愁了，我们还是先想出个办法吧！"

　　杨水才说："我有个办法。"

　　杨水才的办法很简单，他让杨清明和家人伪装成去探亲而远走的人，白天出走锁好门窗引来贼的视线，而杨水才躲在粮仓里，一旦看到贼就去人赃并获。

　　同时为了引来贼，杨水才还到处宣称"听说水道杨村收成好了招了贼来，那贼还把一户人家的门撬坏了，但费了大半天的力气却只拿了人家的一点粮食，这点粮食还不够人家塞牙缝呢"。

这样狂妄的言论很快就传遍了几个村子，第二天，杨清明和家人就拿着礼品走了。

路上的人遇见了，问他："杨书记，你们这是去哪儿啊？"

杨清明听到了想听到的问题，高兴地说："我们要去外地亲戚家一趟，过几天才会回来。"

村民知道杨清明走了，回去自然是一传十、十传百。 毕竟少了党支部书记的村子，大家都感觉好像少了一点安全感。

而这头的杨清明按原计划大张旗鼓地走了，并且大声宣传自己是水道杨村的党支部书记。

杨清明的张扬有了成效。

杨水才躲在粮仓里，靠着最大那袋粮食，正在祈祷小偷快快出现。

果不其然，躲在粮袋后面的杨水才不一会儿就听见了撬开门的声音。 他屏住了呼吸，靠着地上的人影来确定来了几个人。

杨水才看来看去，发现只有一个人，他心里想着，总算是抓到这个贼了，总算是能还李婶一个公道了。

当贼把杨清明家粮仓里的门打开的瞬间，杨水才就跑了出来，小偷一看有人埋伏着，什么也不想就往回跑，可杨水才怎么能放过他，也急速跑着追赶他。

直到那贼跑到了大门口，杨水才大喊一声："杨书记！ 抓住他！"

早就等候在门口的杨清明其实也早就看见了这贼进去的全

过程，只是一动也没动，直到听了杨水才的声音才跑出来。

他们最终还是抓到了贼。

那贼被抓后只是低着头，没有求情也没有哭喊。

杨水才不知道这贼是什么套路，开门见山地问："你为什么要偷盗？"

那贼声音很低，似乎绝望极了，"饿呗，买不起粮食啊！"

杨水才看了看他，发觉他的口音不是本地的，于是问："你不是这里人吗？"

那贼摇摇头。

杨水才见他始终是一副无所谓的态度，慢慢地好脾气也被磨没了，又问："你快说你到底是哪里的人！不然我叫你去吃牢饭！"

贼一听这话，表情才稍微有些紧张，"我是外地人，全家大迁才到了你们周围的村子。"

杨水才不为所动，他现在只想知道他为什么偷盗，有手有脚为什么不去干活，不去靠自己赚钱，"那你为什么去偷？为什么不自己去赚？"

贼苦笑一声，摇了摇头说："你以为所有人出来偷都会心安理得吗？不偷的话，真的活不下去了。我一开始也不想偷的。可惜大迁后，身上的钱在路上早就耗没了……"那贼停顿一下，"我知道自己有一天会被抓到，所以我也做好了准备，要打要骂，你们随便吧！"

不知为何，当看到那贼绝望的态度时，杨水才也感觉没那么气了，"怎么突然大迁？"

那贼把头低得不能再低，似乎突然哽咽了，"前些年我们那儿打仗，日子很不太平……这些年，我和我老母亲等一大家人一路奔走，不知为何就逃到这里来了……"

杨水才听了有几分心疼，在他看不见的地方总有人受着苦，总有人在不快乐地生活着。

杨水才知道贼可怜，但一想到李婶悲痛的样子心就一阵一阵地痛，他狠了狠心说："理由再多，但你偷盗就是不对！"

那贼又说："是我的不对，我承认。可我娘都要被饿死了！我还有老婆孩子一大家子靠我吃饭！我也想自食其力，但是，我们是外来户，在这里根本没有一块地！"

那贼说得也很恨，他恨这世道，恨发生的战争，也恨那些鱼肉百姓的人！

杨水才再也说不出一句狠话了，他不想从这个贼身上给李婶讨公道了，贼虽然犯了错，但贼也是人！

杨水才闭了闭眼，指着贼说："你走吧，我从今以后就当没见过你！"

那贼难以置信地看了看杨水才，然后飞快地逃出了水道杨村。这一切都被杨清明看在眼里，杨清明没有反驳一句，他只是对杨水才说："我觉得，你做得没错。"

杨水才放走了贼，将自己家的一些余粮给了李婶，也算是间接地补偿了李婶家。当所有人都以为事情告一段落之后，事情又有了转机……

第二天早上，杨水才刚起来就听见有人敲自己家的门，他急匆匆开了门，却发现是李婶。

他问："李婶，您怎么来了？"

李婶的五官都在笑着，她说："水才啊，多亏你了，我们家的粮回来了。"

杨水才也蒙了，他不是把贼放走了吗？

"今天早上我一打开门，就看见被偷的粮板板正正地放在门口。 我想一定是你帮我追回来的。"李婶侧了侧身子，"这是你给我们家的粮食，我们家的粮食回来了，我就更不好意思拿了，这不都给你送回来了……"

杨水才已无心去听李婶的话，他始终在回想那个贼，那个贼最后看了他一眼，眼里透亮透亮的，好像是颗泪。

杨水才心里五味杂陈，他不愿看见这世上任何一个人受苦！

最后杨水才提笔，写了一本《治安专题笔记》。 薄薄的，没有几页内容，杨水才在三天后发给了乡亲们。 乡亲们拿到书的那一刻只听见杨水才说："我希望大家有了这本书之后，家里再也不会遭贼。 如果家里真的遭了贼的话，就算我们当场抓住他，也不要说太多侮辱他的话。 如果是可以被原谅的过错，那就把他放了吧。 因为在这个年代，还有许多穷人，做什么事情都是无可奈何……"

村子里进贼的事情在一周后渐渐被人淡忘，此时的杨母又被另外一件事困扰着，还是杨水才的终身大事。 尽管杨水才坚持不结婚，可是杨母始终不甘心，小儿子已经有了几个孩子了，大儿子还是孤身一人，她不放心啊！

这天，杨母找了水道杨村的一个李媒婆，准备麻烦她来给杨水才找一个好媳妇。

杨母带着十个鸡蛋来看李媒婆，刚准备敲门，李媒婆恰好从里面出来。

李媒婆热情地打招呼："水才娘，你怎么来这儿了？"

杨母笑笑说："他婶子，我是来找你的。"

李媒婆看了看杨母，看见她胳膊上挎着篮子，瞬间明白了杨母此行的目的，有事找她帮忙。

李媒婆说："水才娘，你先在里面等我一小会儿，我把洗衣服的脏水倒了就进去！"

杨母点点头，她知道李媒婆嘴会说，也相信李媒婆会帮这个忙。

李媒婆很快就进来了，她用毛巾擦了擦手，就坐到了杨母身边说："水才娘，这是有什么事要和我说呀，不是给你家水才说媳妇吧？"

"是啊，你可说对了，水才马上就四十岁了，身边连一个人也没有，我老了，说不定哪天说走就走了，总不能没人照顾水才吧。 我就想吧，托你给水才介绍一个，也不讲究，毕竟水才都那么大了，也没几个小姑娘喜欢了！"杨母无奈地说。

李媒婆一听立刻笑说："水才娘，原来你找我是这事，你放心，这可是我的拿手活，我们村父老爷们儿都感激水才，也都想让水才尽快找个媳妇，放心吧，我一定给你找个好儿媳妇！"

杨母没想到李媒婆答应得这么爽快，她还有很多客套话没说呢，毕竟杨水才身体有病，年龄也不小了，一般的媒婆不愿意接这样的活！

杨母把拿来的鸡蛋塞给李媒婆，但李媒婆说："水才娘，这鸡蛋你快拿回去！ 水才是我们村的大恩人，我不会要你们任何东西，这是我应该做的！"说完还对杨母笑呵呵地说："我之前早就想给水才找一个了，可没有他本人同意我也不敢行动，这回好了，他亲娘都发话了，我就得好好给他找了！"

杨母一听也欢喜得不得了，说："他婶子，那就麻烦你了，给水才好好找一个！"

李媒婆喜庆地应了一声，接着说："我手里现在就有一位不错的姑娘，你看明天要不要让他们两个见一下？"

"好啊！"杨母高兴地应道。

"让他们在哪儿见面？ 去你家还是来我这儿？"

杨母知道儿子一直排斥结婚，更不会与介绍的姑娘见面，她到现在才知道几年前那位姑娘之所以没去家里，就是因为儿子去姑娘家请求人家不要去，她想起来此事虽然有点生气，但也无可奈何！ 所以这次一定要想办法让儿子与人家见面！

"让他们在哪儿见呢？ 对，让他们在大队办公室见！"杨母自语说。

李媒婆不解："大队办公室？"

"对，大队办公室，你听我的吧，保准没错！"

从李媒婆家里出来，杨母好像解决了心腹大患，回家时都哼着小曲，乐呵了一路。

杨水才看到母亲笑着，眉目都慈祥，嘴角弯弯的，像极了年轻时哄他开心逗他笑的模样，忍不住问："娘，什么事啊这么开心？"

杨母的笑容还是收不住，只说："明天你就知道了。"

杨水才虽然猜不到母亲因为什么这么开心，却也因为母亲的开心而开心。 要知道，母亲已经很久没有这样快乐了！

因为心情好，这天晚饭杨母特意做了四个小菜。 杨水才虽然喜欢母亲高兴，却见不得任何人浪费，于是他说："娘，咱们就两个人，四个菜一定是吃不完的。这天一天比一天热了，菜放一夜就要坏掉，这不是浪费嘛，要不让水章他们几口都过来吃吧……"

杨母之前一直是对儿子言听计从，但在今天却反驳了儿子，她说："不浪费不浪费，我今天心情好，能吃下去一头牛，水章他们一家来了就不够吃了，我还得重新做……"

杨水才也被母亲逗笑了，无奈地拿起了筷子享受起独属母亲的美味！

杨母说得不错，人在心情好的时候食欲也跟着好，所以杨母真的是胃口大开，四个菜最后也所剩无几。杨水才见母亲开心，心里也跟着快乐。

这时的杨水才还不知道，明天会有什么事在等着他……

第二天一早，杨母就给杨水才收拾好了衣服，然后把他叫起来。

杨水才起来的时候还是蒙的，他问："娘，今天你是怎么了？"

杨母装傻，"没怎么啊，我看你昨天穿的衣服脏了，脱下来给你洗洗，你穿这个衣服。"

杨水才看了一眼母亲准备的衣服，那是他参加大队大会时穿的，是他最正式的一件衣服。但杨水才没多想，他认为可能是母亲不知情才拿出来的。

杨水才穿上衣服后，杨母才对杨水才说："刚才我出去时正好碰到你们杨书记，他叫我告诉你起来后就到大队去一趟，他有大事要和你说。"

这话果然是撒手锏，杨水才什么也不问就快速穿好衣服走了，留下杨母看着杨水才的背影微笑，"我这个一心为别人的大儿子，终于也要有个家了！"

杨水才到了大队党支部办公室，找了一圈也没见杨书记，倒是看到李媒婆带着一个姑娘笑吟吟地站在门口。

"婶子，您找我吗？"杨水才笑着问。

媒婆看他一眼说："是我找你，不过要见你的人不是我。"

杨水才挠了挠头问："那是谁？"

李媒婆指了指身边的姑娘，"就是她了！"

姑娘身材修长，两只大大的眼睛看了杨水才一下后，娇羞地低下头去。

杨水才不明白，"她？"

"是啊，看来你娘没有告诉你！"李媒婆有点无奈地说道。

杨水才此时算是明白了昨日母亲为什么那么开心，原来是替他找好了媒人，他说："婶子，真是对不起，以后这样的事就不要找我了，我根本没想过这些事，以后也不会想。"

李媒婆明显地泄了气，但也没说什么。

杨水才说完转身就准备走，谁承想这时候姑娘却说："杨水才同志！"

杨水才回头，疑惑地看着她。

姑娘继续说："杨水才同志，我想和你谈一谈。"

杨水才一时没有什么反应，倒是李媒婆有眼力，立刻就把两人推进了杨水才的小办公室内，临走还说一句，"你俩好好说啊，我就先忙别的去了。"

李媒婆把门关上，屋子里是一片寂静。

姑娘坐在桌子边，一脸的坦荡。

杨水才对这个姑娘印象还不错，但是他不想因为自己的病害了人家，于是他说："你不知道……"

话说到一半，就被姑娘截断。"很抱歉，杨水才同志，我必须打断你的话。因为我知道，你要是一直说下去，我就连说话的机会都没有了，我不想让我一点机会都没有，不想让你直接否定我，所以我要打断你的话。"姑娘换了个姿势说，"现在正式自我介绍一下，我姓王，1935 年生人，你可以叫我小王，我现在你们邻村一所小学教书，久仰你的大名，内心也很敬佩你！"

说完用眼神示意着杨水才，杨水才也配合，"我叫杨水才，现任水道杨大队党支部副书记，1925 年生人。"

杨水才介绍完自己之后，自己也感到不可思议。他自己告诉自己，也许是小王感染了自己吧！

小王继续说："杨水才同志，你对我印象怎么样？"

杨水才如实地说："不错。"

小王又问："那我们可以试着交往吗？"

杨水才摇摇头。说实话，他心里对小王是有好感的，甚至觉得和小王相处很舒服。但他也知道，小王今年 28 岁，比他小了整整 10 岁，这对小王来说太不公平了，况且自己还患有严重的肺结核病，不能害了人家啊！

小王努力地笑笑说："我其实早就猜到这个结果了，但我还是想试试看……杨水才同志，我敬佩你，不是一天两天了，我对你也不是简简单单的敬佩，我是真的喜欢你……但是你拒绝了我，我不怪你……"

　　　　　　　　　　小车不倒只管推

杨水才也说:"你是个好女孩,值得更好的人喜欢。"

小王说:"也许吧。"她笑了笑,接着说:"我可能还会对另一个男人有好感,但并不是喜欢了……因为……我喜欢你已经好久了,把自己所有的喜欢都给了你!"

杨水才低下了头,他想,如果自己没有病,如果自己是一个健康的人,那他也许就会和这位端庄大气的小王组成一个家。

可惜,人生没有如果……

杨水才想,小王是个好女孩,他不能把她拖累了! 自己不知道还能活多久,他不能只为自己打算。

杨母对今天杨水才相亲不太放心,也赶到杨水才的办公室门前,此刻站在门外正和李媒婆窃窃私语,门突然打开了,两人看见小王走出来,脸上没有什么特殊的表情,只是眼神有点空洞。

杨母对李媒婆使个眼色,李媒婆急忙上前问:"小王啊,怎么样啊?"

小王还是那个表情,淡淡地说:"我和杨水才同志达成了共识,以后……会做很好的朋友。"

李媒婆叹了口气,安慰小王,"小王啊,你别泄气,杨水才他只是对工作太认真了……"

小王似乎调整好了情绪,叹气说:"婶子,我都知道,没关系,就算我们只能当朋友,我也会永远崇拜他,永远把他当成楷模!"

说完她对站在旁边的杨母点头微笑一下,转身准备走,杨母急急地走上前来说:"姑娘,先不要走,我劝劝水才!"

小王问："您是？"

李媒婆替杨母回答说："她是杨水才的母亲！"接着又安慰小王，"对，小王先不要走，杨水才非常孝顺，他最听他娘的！"

杨母对屋内喊道："杨水才你出来！"

听到外面母亲的声音，杨水才吓了一跳，内心暗想，"娘怎么也来了！这可怎么办啊？"

"杨水才出来！"杨母又一次大声喊道，声音里已经带有明显的不满。

杨水才只得硬着头皮走了出来，看到杨母嘿嘿一笑，"娘，您老人家怎么来这里了，快回去吧！"

"杨水才，你不要给我转移话题，这几年，我是天天盼着你娶亲，你都是对我说工作忙，要让村子先富起来，让村民吃饱饭再说，现在村子也好了，村民也都能吃饱饭了，你还有什么借口推托！"杨母大声说道。

杨水才最怕他娘生气，他急忙劝道："娘，您老别生气，有什么咱们回家再说好不好！"

"不好！杨水才，你今天必须在这里给我说清楚，这么好的一位姑娘，你就是打着灯笼也找不到，你想怎么着啊？"杨母气愤地说。

李媒婆也开始劝说："是啊！水才，你要三思啊！"

"娘，我理解您的心情！儿子对不起您！"杨水才低头说。

"我不要你说对不起！娘也是为你好啊！娘还能活几年，娘走后，你一个人孤苦无依的，你让娘怎么放心啊！"杨母流泪道。

看到母亲流泪，杨水才心如刀剜，"娘，我不会孤苦无依，不是还有水章的几个孩子嘛，再说您老又不是不知道，我有病啊！"

李媒婆说："大家伙都知道你有病，你吃饭都是单独的碗筷，就是怕传染给别人，你的这种品质早就打动了小王，我本来是想给小王介绍另外一个小伙子，可这姑娘心气高，偏偏对我说她喜欢你、崇拜你，我还正想着怎么和你说，正好你娘去找我！"

小王抬起头，用坚定的目光看着杨水才，"我不在乎你有病，我愿意照顾你和杨大娘！"

杨母听到小王一席话，抹了一把眼泪，欣喜地对小王说："谢谢你，谢谢你，你真是一位善良的好姑娘！"接着又对杨水才说："你听到没？ 人家姑娘不介意你有病，这真是你的福气啊！"

杨水才还是摇摇头。

小王的眼睛顿时红了！

杨母气愤地举起手照杨水才胸上打了一掌，接着又伤心地哭泣说："杨水才，这么多年，娘从来没有逼你做过什么，今天你要是不同意，娘就不认你这个儿子了！"

母亲的眼泪让杨水才心痛不已，他扑通一声跪倒在母亲面前，"娘，我不是不想结婚，而是不能结婚啊！ 我身体这个样子，娶了人家等于害了人家，我不能这么自私啊！ 娘啊，您是最善良的人，您会理解儿子的啊！"

杨母看到杨水才跪倒在自己面前，她捂住脸呜呜大哭起来。

小王流着眼泪来到杨水才面前，弯腰扶起他，然后对杨母说："大娘，您不要逼他了，我理解他的心情，他真的是一位好人！您老也别难受了，咱们就当这事没有发生过。我走了，您老保重身体！"

小王就这样转身走远了，她喜欢杨水才，但也有自己的尊严。

杨水才看着小王的背影，两行眼泪倾泻而出。

如果以后有人问他"你生命里最难忘的人是谁"，他会答，一个是母亲，一个是独立坚强、端庄大方的小王。要问为什么？一个是因为生养之恩；另一个是……可以说是一见钟情地喜欢过。

一生一个人是孤独的，但杨水才内心的辽阔，远胜过壮丽广阔的山川河流。

杨水才扶着母亲回到家里，母亲的脸色不是很好，他知道婚姻方面这一辈子不能让母亲开心了。他劝慰母亲说："娘，我今天的一切都是党给的，我要做一个对党最忠诚的人，我要为人民群众服务。"

杨母流泪说："我都知道，我也不想逼你啊！可我只想看着你安安稳稳，你成了家，下半辈子就有伴儿了。你说，娘到时要是走了，谁来照顾你啊？"

杨水才用毛巾替母亲擦干眼泪，强装微笑说："娘，您别担心，您会长命百岁，您会一直陪着我的。"

杨母知道杨水才的个性，于是叹了口气说："走，去吃饭吧，本来还以为你会领个人回来……菜又做多了。"

杨母所担心的事终于有了结果，虽然结果不尽如人意，但到底还是努力过了，杨母心里也就没什么好牵挂的了。

这一日，入了秋。 从远处看，水道杨村是一片金黄的土地。 往近了看，水道杨村村民的脸上都是喜悦。

因为杨水才想出的改善农业方法，水道杨村一到秋天已经是处处洋溢着欢喜了。

不久，水道杨村的人就要想着收割了。

收割时再累也是高兴的，因为在那之后人们会看见一袋一袋的玉米、大豆、谷子等堆满自己家里的粮仓，就不再缺吃的了。 也不会只为了过一个好年而日日勒紧裤腰带。

秋天之后的水道杨村更是安逸，大家都盼着到了冬天再来一场雪，似乎雪来了，年也就来了。

这年的水道杨村不再安逸了，整个村子都热闹了起来……

"乡亲们，公社领导说了，为了实现农村生活多样性，要在小年夜前一天演节目，场地大得很，只要想看的人都能去！而且啊，领导还说了，要每个村都出个节目，热闹的，喜庆的，只要是好节目都可以上！"杨书记站在小广场内的高处讲，底下的人搓着手听得脸上都笑开了花。

"书记，我也能上吗？"

一个村民问杨书记，脸上笑得灿烂。

杨书记说："能！"说完之后，又指了指杨水才说："想上的村民去杨水才这里说一声！"

又有村民问："那咱们演什么呢？"

杨书记一时也被问住了，底下的村民趁机说："不如就让杨水才写吧！"

在水道杨村民的心里，杨水才不仅勇敢能干，还聪明智慧。

"杨水才要是写了，一定能把别的村出的节目比下去！"杨书记坚定地说。

村民们一阵起哄，杨书记看着村民们，心飘到很远很远。那时的水道杨村还很穷，有什么集体活动大家都躲着避着，远远没有现在积极。

"好，那就应民意，这次的节目就由杨水才来写！"

杨书记在高处郑重地决定，底下的村民听了也是高兴的，或许杨水才的节目不会十分精彩，但是选了杨水才就会让他们异常安心。

杨书记讲完话之后，就有一群人在杨水才那里报名。

一个村民说："水才啊，给我安排一个英雄的角色可以吗？ 像您一样的！"

前面的村民刚说完，后面的人拍了下他的脑袋说："想得真美，水才给我演英雄角色也不会给你！"

两个人玩笑一般地斗起嘴来，杨水才听了也止不住地笑，最后说："先把名字签上吧，我写完剧本后再决定。"

两个人安静了下来，整支队伍也很快完成了报名。

拿着名单回到家的杨水才开始犯了愁，他根本没有思路，更不知道准备什么样的节目。

杨母从里屋走了出来，看见一脸愁容的杨水才问："这是怎么了，杨书记刚才在外面说什么？"

因为外面寒冷，杨水才就让母亲在屋里等着他回来再把消息转达给她。

杨水才说："公社要演节目，每个村出一个。 杨书记把任务交给我，但我实在不知道写什么节目好。"

杨母喝了一口水说："生活不处处是节目嘛，什么不可以写啊！"

杨水才对创作类的东西毫无灵感，他会干活，会出小主意，却编不好一篇文章。

"哪有那么多让我来写……"

杨母惊讶地看着杨水才说："你看生活，哪个地方不可以单拿出来当成一部戏？ 就说你去打仗，我那时候都没想着你还有一天能回来，但你就平安回来了，这对我来说就像一场戏一样。 再说村民们秋收，之前秋收时每个人都愁眉苦脸的，因为水道杨气候不好，土质也不好，每年的收成都是少得可怜。 可是你看今年，是不是秋收时每个人脸上都是笑着的？ 你知道是因为什么？ 因为收成好了，因为村民的谷穗大了多了，产量就高了。 之前那些他们以为的'先天缺陷'现在都没有了，这难道不像是一场戏吗？"

杨母的话深深地打动了杨水才的心，他想，母亲说得没错，人生果然处处都是亮点，每一处都有转折。

想到这儿，杨水才突然文思泉涌，"娘，我知道写什么了，我就写人们丰收，我就写粮食，我就写大家最重视的事！"

杨母笑笑说："好。"

要参演的村民一共 60 多人，杨水才给每一个人都安排了角色，村民在台上用最真挚的情感表达着自己的角色，每一个人都很努力，一部分道具还是村民自己从家里带来的。

杨水才的剧本叫作《一斗谷》，主要讲述了勤劳农民的故事，故事跌宕起伏，剧情引人入胜，吸人眼球。上台表演之后，每到一个激动人心的片段就会收获一片热烈的掌声。

　　节目结束之后，杨水才带着参演的 60 多个村民上台鞠躬致谢。

　　这是村民们第一次登上大舞台，或许也是一些人最后一次登上这样的舞台。每个人的表演在杨水才眼里都无可挑剔，都是完美的。

　　每个人都记着这一年，在 1963 年，新型农业中学建立了，虽然校舍还不完善，还要费大劲去建设，但至少现在许多孩子都有学上了。在 1963 年，杨水才为了服务人民，为了效忠于国家，为了不连累别人，放弃了自己成家的机会！在 1963 年，杨水才写的《一斗谷》也在公社精彩地上演了，水道杨 60 多个村民一起成了舞台最耀眼的角色。

　　这一年，是难忘的一年。

　　毛主席说："为有牺牲多壮志，敢教日月换新天。"

　　用自己的青春甚至是生命去为人民的幸福拼搏奋斗，用自己的身躯去阻挡惊涛骇浪。

　　杨水才做到了！

第七章　呕心沥血为村庄

1963 年，水道杨村的冬天很冷，但水道杨村村民的心很暖。 杨水才的心一样地暖。

冬天过去就是万物复苏的季节——春天。 然而，水道杨村 1964 年的春天似乎很晚，比任何一年都要晚。

在寒风凛冽的日子，村民们裹紧了自己的厚衣服，"这天怎么还这样冷！ 说不定还要下一场雪啊！"

另一个村民回答说："是啊，我看这天真的会下雪啊！ 这个冬天不好过啊，也多亏了家里余粮多，要不然都挺不过这个冬天。"

"就是啊，你说也怪，水道杨以往的冬天也没有这么冷啊！"

"唉，听天由命吧。"

听天由命，有些人最爱说的一句话就是听天由命，他们以为能有好收成是靠天，他们从没仔细思考过自己的价值，他们从来不知道命运其实紧握在自己的手里。

但是杨水才看到了。 怎样引领群众转变思想一直是他思考的问题。 他认为一个共产党员就要事事走在前，自觉做到七个带头，"毛主席著作学前头；大办好事跑前头；有了困难上前头；劳动生产走前头；党的工作抢前头；对敌斗争站前头；改造思想放前头。"

杨水才是这样想的，更是这样做的。

寒冷的 2 月，杨水才正在家里为母亲剥一瓣蒜。

母亲这些日子好像很开心，整天嘴里都哼着小曲，做饭时也不例外。 杨水才似乎很久没见过母亲这么开心了，他问："娘，什么事这么开心啊？"

杨母笑了，喜悦遍布了整个脸颊，"我也不知道有什么开心的，人总要乐呵乐呵，要不然日子就太闷了。"

杨水才看母亲这么快乐他也就知足地笑了，母亲生他本来就不容易，为了养他更是历尽千辛万苦……如果杨水才是一个不认识杨家老少的人，当他听到杨家那些血泪故事后也会十分伤心。

"对啊，娘，现在生活好了，您就不用再这么累了，没什么事就歇一歇，儿子现在能养您了，不会再让您过有上顿没下顿的日子了……"

杨母舒心一笑说："娘不累，娘天天吃得饱、睡得香，也就没什么好遗憾了。"

杨水才看了看母亲，看见了母亲脸上纵横的褶皱，他突然想起了记忆中的母亲。 记忆中的母亲那么漂亮，两条大辫子又黑又长，眼睛里也有星星一般的光亮。 然而，不知从何时起，母亲那一头乌黑亮丽的长发里出现了丝丝白发，母亲的眼睛再没有了往日的明亮。

杨水才安慰自己，母亲只是老了。

原本母亲到了暮年也能像普通的老人一样颐养天年，可现在不一样，因为两个妹妹和饿死的弟弟等亲人，母亲再也过不了那样的生活、享受不了那样的日子了。

母亲包了饺子，个个都是大馅。杨水才被母亲的情绪所感染，也就无心忧伤了。

杨母包的饺子味道好。杨水才吃了一小盆饺子之后，才放下筷子，摸了摸肚子问："娘，您说人在吃饱了之后都会想些什么呢？"

杨母吃得慢，此刻反问杨水才说："你吃饱饭了之后想干什么？"

杨水才想了想，"我吃饱了就想让自己用十二分的努力去建设村子，带着大家致富！"

杨母欣慰地笑："你是一心扑在了村子上了！"她收了碗筷，接着说："并不是每个村民都会像你一样，每个人都有自己的想法，但我想啊，他们在能够吃饱饭的情况下一定是想赚到钱，而且是赚到大钱。"

杨水才仔细想了想，发现母亲说的话是没错的。乡亲们穷得太久了，太想过上有钱的生活了。但，怎么才能让乡亲们有钱呢？

杨水才想了想，结果百思不得其解，他无奈地问："娘，怎么才能让百姓富起来啊？"

杨母苦笑一下说："要是办法这么好想，困难这么好解决，那岂不是水道杨村里人人都是领导了？”

“娘，您说得没错……”

杨水才心烦意乱，饭饱之后头脑又想罢工，他不得不放纵自己要痛快地睡一觉。

于是他转身上了炕，正准备铺被子，脚被一个硬硬的东西硌到了。

杨水才揉了揉被硌到的地方，然后捡起了那个硌到他的东西。他定睛一看，这东西黑黑的，两头细中间粗，正是一个山核桃。

他问母亲：“娘，这山核桃哪里来的？”

杨母听见声音就走了过来，看一下杨水才手上的山核桃，“还是去年捡到的呢。去年下完大雨，我和你李婶去山上采蘑菇，准备晒成蘑菇干留着过冬吃。谁知道蘑菇没采多少，回来看见一辆拉货的马车卡在路上——”

杨母没说完，杨水才打断了问：“等等！娘，为什么拉货的马车会卡在路上呢？”

杨母也没在意，解释说：“当时刚下完大雨啊，那条路坑坑洼洼很不好走的。”

杨水才点点头，让母亲继续讲。

杨母说：“当时我和你李婶，看见马车夫在那儿一个人推马车，于是就上去帮了他一把，去帮的时候我还问呢，我问他为什么一个人走货啊，这雨后的山路不好走。他回我说人太多了也是累赘，就自己先把货拉出村子，让其他人在路口等着。”

杨水才又问：“后来你们帮他了吗？这件事又和山核桃有

　　　　　　　　　　　小车不倒只管推

什么关系呢?"

"我们帮他勉强推出来,可是就在马车可以走动的时候,车上的一个箱子却侧翻了下来,我们三个那时候都在马车后面,所以都很安全。"杨母喝了一口水,接着说,"后来啊,那个箱子就自己摔开了。马车夫反应可快了,立刻去捡后又重新装了起来。我们两个也热心肠,上去帮着捡了。最后那马车夫给我们一人两个山核桃,说回去了用手转着玩!"

杨水才疑惑地问:"转着玩?"

杨母一笑说:"我当时也是这样问的,那个马车夫说城里的人都是这样的,核桃老了就转着玩,嫩着才吃里面的瓤呢!"

杨水才听了母亲的话突然有了思路,他继续问:"娘,您说核桃是不是能卖钱啊?"

杨母说:"当然能了,要不马车夫能那么小心吗?"

杨水才说:"娘,我想好了,水道杨村为什么不种些核桃呢?过去咱们水道杨村什么都种不好,是因为土地水质的问题,现如今都改善了,还有苗圃已经能够抵御风沙了,为什么我们不试试种点核桃呢?"

杨母说:"可以试试,你去和杨书记等人商量商量。"

杨水才一下子爬起来,又被母亲按下:"你先睡吧,看看这都多晚了,杨书记早就睡了。什么事都明儿个再说,今天先睡觉。"

杨水才看了一眼天上高悬的明月,觉得母亲说的不无道理,于是就点了点头,吹灭油灯睡了。

睡梦里是少有的香甜。

杨水才睁开眼睛那一刻，看见了明媚的阳光从窗外射进来，照在他左手上，仿佛是希望的光，是让水道杨村变富的光。

杨水才在吃过早饭之后就去找杨清明，想要和他商讨种核桃一事。

来到了杨清明家，发现大门没锁，只是留了一道小缝隙。杨水才猜测，他应该是出去了，而且很快就会回来。

果不其然，杨清明很快就回来了，手上拿着一个脏水桶。看见杨水才，他大声说："怎么在外面站着，快进来吧，多冷啊！"

杨水才跟在杨清明身后进去说："我看您没在家，就没进去，想着等您回来一起进去。"

杨清明说："我们两个还客气个什么劲啊！"

杨水才笑笑，内心是很感激杨清明的，他从来没有把自己当成外人，只要自己想做什么，他都是全力支持！

两人坐在屋子里，杨水才照例把自己的杯子递过去。杨清明接过来，给他倒了一杯热水。他一边喝着热水，一边说："我仔细想过了，咱们村民温饱的问题已经解决了，现在的问题就是如何让村民富起来。"

杨清明点点头。杨水才继续说："水道杨村有一大片经济林，但里面只有基础的农作物，并没有经济作物，所以我们完全可以在那片经济林里种经济作物，成熟了就去卖钱，如果真的挣了钱，钱就全部归村民所有！"

杨清明听了之后沉思一会儿说："可以是可以，但其中的艰辛……也是一言难尽的啊……"说着摇了摇头，满是无奈。

他何尝不希望村子富起来，他何尝不渴望村民富足，可这太难了！ 幸运的是他们村有杨水才，这个把全部心思都用在群众身上的共产党员……

杨水才听了杨清明的话，没有打退堂鼓，反而继续劝说："之前很多次我们都感觉很难，但是只要我们尝试去做，只要我们鼓足全力去做，都会成功啊！"

杨清明说："你知道吗，这次和往常不一样，你说你要种核桃，那你知不知道核桃苗我们本地根本没有，要去陕西或者新疆去买，知不知道核桃苗有多难活啊……"

杨水才正了正脸色说："难道就因为这些困难我们就停滞不前了吗？ 小车不倒只管推，我们不能就这么放弃！"

杨清明低头，嘴里念叨着："小车不倒只管推，小车不倒只管推……"突然抬头说，"好！ 那就一直前进，我们就按照你说的，去种核桃！ 明天就开支部会议，水道杨村既要能吃饱饭，兜里还要有钱花！"

杨水才的眼神都写着喜悦，坚定地说："好！"

有了杨清明的肯定，杨水才很快就组织大队几个人去陕西汉中购回速生核桃种。

杨水才对这来之不易的速生核桃种如获至宝，珍惜得不得了，恨不得日日供起来看着。 他同时也求助于别的村子，学习核桃苗的种植方法。 三日后，他终于找到了核桃的种植方式和培育方法。

这日下午，天空开始飘雪，杨水才开始了核桃苗的培育。

按照技术要求，要将核桃种装进麻袋，然后再放在井水里浸泡。

下井捞核桃种

杨水才小心得不得了，生怕丢了一个核桃种。他将核桃种装袋放入井里，就记了时间。

到时间后，杨水才将核桃提上来，发现一个袋子的布料因为太破了，导致沉重的核桃把布袋子撑出一个洞来。

杨水才当场就慌了。他想，万一核桃丢了可怎么办呢？于是他很快解开装核桃的布袋子，一个一个数，数到最后发现少了一个。

杨水才没有犹豫。这是村民的希望，这是水道杨村富强的基本！一个核桃虽然小，却可以长成一棵大树！一个核桃一棵树，一个核桃就是一份希冀！这核桃不是随意捡到的，而是不远千里去陕西汉中买回来的良种，费了多少的人力物力和大队队员的心血！他不能因为自己的错误让队员们的努力白费！那个象征着希望的核桃种，就这样掉在井里实在是太可惜了。

漫天雪花正迎风飞舞，他抖了一下身上的雪花，脱掉外衣就准备跳下去捞。当时他的身边还有几个学生，大家都说他身体不好，劝他不要下去。

杨水才说："同学们，一个核桃一棵树，我们不能这样白白浪费掉啊！不要担心我，我没事，小车不倒只管推，只要还有一口气，就要干！"

"那，我下！我下！"几个学生争先恐后地要下井捞核桃。

"不行，你们年龄小，还是我下吧！"杨水才说完就下到井下，脚踩手摸，一个多小时后，终于把那个核桃捞上来了。

杨水才出来之后，嘴唇已经冻得发紫，双腿打战，连路也走不成了！ 大家把他抬回家时，他浑身发抖，头上直冒虚汗，杨母急忙用被子把他紧紧裹住。

看到儿子还一直在打冷战，杨母心疼地流着眼泪说："儿子啊，你不要命了啊！ 娘求您，咱别这么拼了行不行啊！"

"娘啊，要不是共产党救了咱，我早就沤成灰了，别说吐了几口血，就是把命给了共产党，咱也报答不了共产党的大恩啊！"杨水才用颤抖的声音说。

"我的儿啊，水道杨村已经富起来了，村民已经能吃饱穿暖了，咱们不这么拼了行吗？ 行不行啊？"

杨水才知道母亲的心情，喘了一口粗气说："娘，我没事……"

杨母一听更止不住眼泪了，哭泣说："浑身都在打冷战，还没事啊！"

杨水才安慰母亲说："娘，我真的没事……您给我做几天好吃的饭菜就把元气补回来了，您手艺那么好……"

杨母哭了一会儿也就好了，情绪发泄后无奈地说："就嘴上说得好听，什么时候让我省过心啊！"

杨水才知道母亲这样就是不生气了，强忍身体不适，笑着说："娘，我都饿了，快吃饭吧。"

"吃什么！ 你还是先暖暖再说……"

…………

转眼，春天到了，为防止有人踩坏树苗，杨水才在苗圃前方搭建了一个简易的小草庵，日夜看护。 这一天，他正在果园除草，杨水章八岁的儿子杨俊杰前来给他送饭，小家伙长得虎头虎脑，非常可爱，深得杨水才的喜爱。

看到杨水才不在草庵内，杨俊杰有点失望，把饭菜放到床头上，正准备离去，忽然看到床头上放着两个桃子，小家伙心想："大爷这么疼爱我，这桃子一定是他留给我的，我先吃了吧！"

这时杨水才进来，看到小侄子正坐在他的小床上玩着桃核，而他正在研究品种的两个桃子不见了踪影，他问杨俊杰："是你吃了桃子？"

杨俊杰笑嘻嘻地回答："是啊！ 桃子很好吃，谢谢大爷！"

"这两个桃子可不能吃！"

"为什么啊？ 我以为是大爷留给我的！"

"你想吃桃子，大爷可以给你买，但这两个桃子不能吃，这是大队买来研究品种的，是公家的东西，公家的桃子不能吃，公家的东西一点儿也不能沾。"杨水才严肃地对小侄子说。

看到大爷如此严肃，杨俊杰有点慌乱，低下头去不知如何是好。

杨水才从口袋里掏出一角钱递给杨俊杰说："你现在去大队，把这钱交给会计，说是这两颗桃子我们买下了！"

"大爷，我错了！"杨俊杰接过钱，飞快地向大队方向跑去。

这时杨水章走到草庵门口，他看着儿子跑远的方向，皱眉走了进来，不解地问道："大哥，那臭小子过来给您送饭，这么长时间没有回家，娘不放心让我过来看看。 可我刚才看到他跑了，是您安排他去办别的事了吗？"

公家的东西一点都不能沾

杨水才把前因后果给弟弟说了一遍。杨水章没有吭声。

看到弟弟没有说话，杨水才说："水章，你一定认为大哥是小题大做，其实不是，公家的东西，我们是一分一厘都不能沾的！还有，我今天在苗圃劳动，发现少了一棵杏树苗，有人说是你移走了，你最好明天再移回去！"

杨水章黑了脸，闷声说："大哥，至于吗？是大队的同志说，杏树苗已够了，那棵树苗是多余的，我想娘比较喜欢杏花，就把它移到咱家屋后了！"

"不行。咱家更要以身作则，咱家更要爱护集体的公共财物，咱家更不能贪占集体的公共财物！"杨水才大声告诫弟弟说。

"好，我现在就给你移回去！"杨水章站起身来拂袖而去。

看着杨水章似乎很生气地走了，杨水才一点也没在意，他知道弟弟是理解支持他的，不会真的生气。此刻，杨水才没顾得吃小侄子送来的饭，而是开始研究起几种果苗的混合栽植。

杨水章回到家里就开始挖那棵杏树。杨母不解："水章，你不是说这棵杏树苗是多余的，昨天刚移来，今天又要移到哪儿去？"

"娘，谁让咱家出了一个包青天呢！我现在给他再移回苗圃园内！"杨水章气呼呼地说。

看到小儿子的神情，杨母却笑了，劝慰说："嗨，我昨天还在想，你移回来这棵树苗，你哥怎么会同意，还准备见到他问问呢！你还有啥气可生的，你又不是不了解你哥，他只会为大家做贡献，不会沾大家一点光的！"

杨水章扑哧一声笑了，对杨母说："娘，我没生我哥的气，这些年我都是以我哥为榜样，他说得对，公家的东西一分都不能沾，我是生我自己的气，这么些年，我怎么还达不到我哥的这种境界啊！"

　　这下杨母放心了，两个儿子都如此懂事孝顺，老人心中是满满的欣慰。　杨水章结婚一年多有了孩子后，杨母的小房子就显得拥挤了，为了大家都生活方便，她就让杨水章一家搬了出去。　好在小儿子新建的家离她不是太远，彼此都能相互照顾。

　　水道杨村把桃树、杏树和核桃树都种起来了，尤其是那片核桃林，不仅承载着村民的希冀，更有着杨水才差点献出生命的付出！

　　那片核桃林会让水道杨村越来越好，会让水道杨村的村民看见核桃树就想到他们曾有一个爱他们如爱自己家人一样的领导！

　　大家都知道水道杨村有一个出了名的好干部，他的名字叫杨水才。

　　秋天很快就到了。

　　水道杨村的秋天十分热闹，每个人的脸上都挂着笑容，他们期待着丰收的时刻，期待着谷粒一袋一袋运进粮仓，期待着这些谷粒换来温饱与富足！

　　秋天到了，水道杨村的孩子也到了上学的时候。

　　杨水才这日在路边走着，了解村民的收成情况。　他逢人便要问一句，"你家今年收成怎么样啊？"

　　听到的也都是"好啊，收成好啊！"一类的话。

杨水才的嘴角也扬高了，看着水道杨村一片繁荣，他的心情说不出有多舒畅。

田间有人还在收割，也有收割结束的人家在捡掉在地里的谷穗。杨水才就在这时看见了一个小男孩也在帮着家里的大人捡谷穗。

杨水才纳闷，为什么这小孩子不去上学呢？

昨天安校长还托人带信说学校已经开学一天了，准备搞一个开学典礼，请他这两天去学校给孩子们讲讲话，鼓励大家一下。这一段太忙，都没顾得去学校，他准备明天去学校和孩子们交流一下。虽然他因为村里一些事情太忙，让教学校长负责学校的运行，但他还是要履行一下自己这个名誉校长的职责！

可是这孩子为何没去上学啊？他想了半天也没个结果，最后只得上前亲自问问他。

杨水才走上前问："孩子，你的父母呢？"

孩子看了一眼杨水才，认出来是校长，低下头说："杨校长好，我父母在那边收拾玉米呢，他们说这边少，才叫我来捡的。"

杨水才点点头，又问："你几岁了？"

小孩把捡起来的玉米装进袋子里说："我今年十三岁了！"

十三岁正是上学的年纪，杨水才又问："你为什么不上学呢？"

小孩一听这话就低了头，手上拿着新捡起的玉米说："我原本是上学的……"

杨水才听了十分诧异，没错，他只想到了上学的问题，却没有想到中途辍学的问题。

他又问："那你现在为什么不上了呢？"

小孩低下头，似乎很委屈地哭了，他的个头小小的，声音也是怯怯的。他说："上半年还上着呢，只是现在不上了……学校的路不好走……爹娘忙……送不了我……我就不去了……"孩子本想好好说的，没想到忍不住哭了起来。

杨水才安慰着他说："别哭别哭……"哄好了小孩子之后，他就去找了小孩子的父母。

小孩的父母也在捡掰下来的玉米，他们的腰弯下去，头发上落满灰尘。

杨水才看了这样一个场景，也心痛地帮他们捡起了玉米。

孩子的母亲看见杨水才来了说："杨书记来了啊！"

杨水才应了一声。

孩子的父亲直起腰来问："杨书记啊，刚才你来的时候看见我儿子了吗？这小子跑得可快了，脑袋转得也快，只一会儿就把我哄骗了。"

杨水才笑呵呵地说："他没有骗你，正在那边乖乖地捡着呢！"

寒暄了一会儿，杨水才问："孩子怎么不上学了呢？"

孩子的父母听到这话，沉默了一瞬。父亲回答说："不是不想上，而是上不了啊！"

杨水才纳闷地问："为什么上不了？"

孩子的父亲不说话了，母亲接着说："学校这不是换了一个地方，新地方看着瘆得慌，都是密密麻麻的草，而且下了雨，路根本就走不了，孩子因为这事落下了功课，久而久之就

小车不倒只管推

跟不上了……现在，学校的路没有变好，下雨时还是一样的情景，孩子再想上学也去不了了。"

杨水才没听过这些事，他知道学校搬迁了两次，是为了给村子的发展腾地方。他不知道这些事情竟然影响到了孩子的上学问题。

杨水才问："村里有多少孩子是这样的？"

孩子的母亲想了一会儿说："好像挺多的，当时和我儿子一起上学的小孩子有七八个，现在就一两个还坚持着呢。听说邻近几个村也有好多孩子不到学校去了！"

杨水才听得心痛，他一时也想不出解决的办法。他只觉得学校的事情是他耽误了。

村子是发展起来了，可是孩子们的教育还没有搞好，他想不明白这是进步还是退步！

杨水才没有再和小孩的父母说话，他迈着沉重的脚步回到了家。

那份属于秋天的好心情已经消失，他现在正被"孩子上学有困难"这样的问题困扰着。

杨水才回到家之后，换了身干净的衣服就要出去。杨母恰好出来，看见他急匆匆的模样，疑惑地问："又发生什么事了，怎么这么不开心？"

听见母亲的话，杨水才迈出的脚收了回来，转过身和母亲说："村里有一些孩子都不想去上学了！"

杨母听了也很震惊，因为儿子为了能够让孩子们上中学可是花了不少心思，急忙问："这么好的学，怎么突然就不上了？"

杨水才和母亲解释说："学校原先借一个戏院做教室，我们也只是简单修修就开学了，现在又搬迁了，新校址坑深草密，残垣断壁，简直就是一片废墟。谁会让孩子去上这样的学校，又有哪个孩子上这样的学校会开心呢？"

　　杨母也无奈地点点头，"是啊，先前条件就不好，我还听他们编了一个顺口溜，说什么农中真新鲜，坐的砖头蛋儿，写字趴膝盖儿，教室破戏院儿……"

　　杨水才十分愧疚地说："娘，您连这也听说了，我真是惭愧啊！我夏天时还教导学生说，我们的条件是差点，但我们学习的目的是为百姓、为祖国、为社会主义服务的，可是现在学校又搬到如此差的环境中，我实在无颜面对父老乡亲啊……"

　　杨母安慰杨水才说："你已经尽力了，这么大的事情，哪是你一天两天就能改变的啊！"

　　杨水才沉默了好一会儿，才对母亲说："娘，春季他们搬迁时，校长告诉我了，但是我正在村外带着村民栽树，忙得热火朝天，一直到现在都没去新校，原本是明天准备去的。我先不和你说了，现在就去，和安法岚校长商量一下这件事到底怎么解决！"

　　杨母连忙点头。她知道杨水才不可能慢慢走，他只能越走越快，他的心会越来越焦急，他会越来越担心！

　　这是令她骄傲的儿子，也是令她无比心疼的儿子！

　　杨水才去了学校，找安法岚商讨此事。

　　他来到校长的办公室门口，敲了敲门。安法岚说了声"进！"

杨水才进了办公室，轻轻关上门。安法岚立即站起身欢迎说："杨校长您不是明天来吗？我刚才已经擦干净了您的办公桌！"他又指着旁边的一个旧桌子，不好意思地接着说："我们条件有限，我只能是和您挤在一间办公室了！"

"没有关系，不用客气，我们坐下说会儿话吧！"

杨水才坐下，开门见山地说："我今天来，就是要和你商量一件事儿的。"

安法岚问："什么事儿？"

杨水才一脸忧愁地说："就是学校搬迁这件事儿……"

安法岚听了也愁容满面，"确实，这事儿挺难的，已经有二十多个孩子退学了！我原准备明天见到您再细说！"

杨水才说："也怪我，这些日子一直在忙着水道杨村种核桃树等一些事，没太注意学校。现在学校这个样子，一些孩子都不想上学了，这一多半的原因都是因为我！"

安法岚忙说："杨校长，您不要这么想，您为村里做着贡献，没有人会说您的不是。至于学校，这也是无可奈何的事情，谁都希望学校的环境好一点，但这地方本来就小，又多是田地，没有什么地方能建学校了。"

杨水才不再说话了。他看了看外面，四条六七米深、一百多米长的荒废水沟横穿校园。这不仅影响环境，更影响师生出行，要是赶上大风天，荒沟里的废水气味更是会影响师生的健康。

终于，杨水才开口说："我们想个办法吧……这样下去不行啊，学校本是教书育人的地方，不能让它成为毒害学生的修罗场啊！"

安法岚也赞同，"先前学校虽然条件也不行，但孩子来上学是快乐的，我有时在校门口等着他们来到学校，就会看见他们满足的微笑，但现在不是了。虽然我还会站在校门口，可来的学生越来越少，我再也没有看见他们脸上的微笑了。上学对他们来说不是快乐，而是一种必须承受的煎熬，所以更多的人决定不上了，决定彻底摆脱这种痛苦。"

杨水才听着安法岚的话，若有所思。

没错，很少有人会做令自己痛苦的事情，而且还是那么小的孩子。

杨水才最后说："安校长，这样吧，我们自己来解决这个问题。"

安法岚也想这样，但他完全不知道用什么办法可以解决掉，所以他说："这个……怎么解决呢？"

杨水才呼了一口气说："我们全体师生一起努力吧！"

安法岚说："具体怎么做呢？"

杨水才说："你也看到了，这块地杂草这么多，就算全部拔掉也是没有地方放的。我们就用草来填水沟。师生们一起努力，孩子拔不动草那就让老师拔草，孩子就负责往沟里扔草。老师有课就去上课，没课就来拔草，孩子下课来劳动，上课还是去上课。我们走'抗大'道路，一面学习，一面劳动，自己创建校舍！"

杨水才给出了建议，安法岚听着觉得没什么瑕疵，便也同意了。本来他以为杨水才身体有病，是不会参与这次活动的，但他想错了，杨水才不是光口头上说说，从开始的第一天就跟着一起干活。老师歇着他在干，老师上课了他还在干。

为农中学生上课

校园里拔草的身影每秒都不一样，但每一秒都有杨水才的身影。 那个朴实的、始终在奉献的人一直在低着头，弯着他那已经不能再弯的脊背在拔草。

一把草被拔起，根部带起了无数细小的灰尘，灰尘尽数扑到杨水才的脸上、头发上，甚至是眼睛里，可杨水才一次都没有说要休息的话。 他只是擦一擦脸，连腰都没有直起来过。

安法岚看着因为整日弯腰导致无法直起腰板的杨水才，突然扔掉了手上的工具，对杨水才说："杨校长，听我说！ 您需要休息了！ 剩下的事情让我们干！"

杨水才被安法岚硬拉着站起来，才发觉原来腰痛得这么厉害。 但杨水才还是坚持："没事，我能继续。"杨水才说完之后看了看一望无际的荒草，越发觉得目标太远，实现太过困难……他说："只要我们有恒心，虽然会很慢，但是一定会成功！"

安法岚劝导他说："杨水才同志！ 您是学校的校长，您还要去兼顾学校很多重要的事情，别让这样的事占了您的全部精力！"

安法岚的话提醒了杨水才，他这才想起，他还是这个学校的校长，还要为学校做很多事情。

杨水才直起腰来，拍了拍带着泥的手说："安校长，谢谢你的话！"顿了顿又说："其实我之前也不是没有想过，只是那时的条件还不允许我们这么做……"

安法岚立刻问："想过什么？"

杨水才说："我们要始终坚持育苗先育人、育人先育心的原则，要重视教师队伍的建设，还要经常同教师们一起谈心，研讨如何把农中真正办成农民欢迎的新型学校！这样才能更好地服务于人民，为孩子创造出一个更好的学习环境，我们学校的意义也才有所体现！”

安法岚点点头。杨水才接着说："先把校舍解决，然后，我就到别的地方学习办学的先进经验！"

就这样，杨水才带着重病，领着全校师生奋战 40 天，打坯 5 万块，建房 21 间，开荒 20 多亩。农中不仅有了宽敞的教室，还有了自己的农林试验场。

为了打开办学思路，杨水才开始去各个地方参加会议，吸取经验。

杨水才每次出去，公社都会拨款，但杨水才没有花过一分钱公款！他每次出去都会叫母亲给他在锅上贴几个干馍在路上充饥，把省下来的钱全部换成书籍，再把这些书籍送给教师。

桂村农业中学的老师并不都是党员，但在杨水才的指引下，他们坚定不移地沿着正确的办学方向前进，培养了一群品行端正的学生，造就了一支合格的教师队伍。

桂村农业中学越办越好。他们还同农村需要联系在一起，在学制上，根据实际情况需要，需长则长，该短则短；在教材上，区分不同对象，难易结合，力求一听即懂，一学就会；在专业设置上，以满足当地经济发展需要为目的；在教学方法上，坚持学习和劳动相结合、理论和实践相结合，培育了大批新型农民，多次受到省、地、县领导的表扬和鼓励。

带领师生自建校舍

两年后，杨水才用自己的办法填平了那四条大沟，桂村农业中学面貌焕然一新。 那四条大沟就像人与知识之间的鸿沟，填上了，人就能拥有知识了。

中途辍学的那些个学生，在听说学校越来越好的消息之后，又自动返回了校园。

桂村农业中学到处是欣欣向荣的景象，朗朗书声不绝于耳，十分美妙。 短短几年间，全校师生就为全乡28个村中的24个村嫁接各种树木25万株。 1970年第八期《红旗》杂志以《一所为三大革命服务的农村中学》为题，肯定了桂村农中的办学方向，介绍了杨水才办学的先进事迹。《人民日报》《河南日报》，中央和各省、市报纸和电台先后发表桂村农中办学经验的报道达30多篇……现在的桂村农业中学已经改名为职业中专，是建安区（原许昌县）唯一的一所综合类职业学校，为当地经济发展做出了突出贡献。

十年树木，百年树人，其他一切不说，就这一所学校，足以让杨水才流芳百世……

但这一切，都是后话，那时的杨水才已经……

1964年，水道杨的冬天不像往年那样寒冷，天极少飘雪，日夜的温差也不是太大。

杨水才刚刚从村外回来。 他没穿太多厚衣服，只一件小棉袄。

有村民看见杨水才急匆匆的，路过自己的家，却看见他在自己家门口停都没停就过去了。 他走向杨清明家。

村人说说笑笑，说这个暖冬令杨水才措手不及，都找不到自己的家了。

众人哈哈一笑，都只把这件事当作一个笑话，并没有当真。

而杨水才也是因为有新的发现才会这么着急来找杨清明的。 到了大门口，他还是象征性地敲敲门，等着杨清明那句"进"。

杨清明正在磨谷子，谷子的香气充斥了整个屋子。

杨清明说："你来得正好，快来帮帮我。"

杨水才过去，一边帮着他推磨一边说："书记，我是有事来请教您的。"

杨清明手上的动作没停，嘴上说："你不是去隔壁村子开会了吗？ 这么快就回来了？"

杨水才说："正事说完了我就回来了，没留在村子里吃饭，不好意思麻烦村民们。"

杨清明点点头问："你刚才说有事和我说，是什么事？"

杨水才说："就是听说外地有一个村庄挖了一口塘。"

杨清明问："塘？"

杨水才说："就是能让百姓洗衣做饭的，能喂牲畜的，也能用来浇水灌溉的水池，可以永远来储备天然水！ 听说他们村也是在这个时候挖的呢，我觉得咱们村也可以挖一个塘，而且今年冬天的气温不是很低，土质更松，一定可以省很多力气！"

杨清明听了听，犹豫了一会儿然后点点头："听着是不错，可这都快过年了，别人家都忙着过年，能有几个人愿意出来挖塘呢？"

没想到杨水才这次早就想好了所有可能发生的事情，慢慢说:"您不用担心。 现在离过年还有十天,我们可以让村里全部的男人来挖塘,十天就可以挖好了。 到时候正好过年,没水的季节就帮村民积攒'幸福',对,我们可以叫它'幸福塘'呢,对吧?"

杨清明指了指杨水才,爽朗地笑笑说:"杨水才啊杨水才,你的口才是越来越好了!"杨清明停了一下,"那就安排人去做吧! 这是为群众着想的好事!"

杨水才激动地说:"您……您同意了?!"

杨清明一笑,"这是好事,当然同意了! 明天召开支部会议,向几个班子成员通报一下,你就可以实施了! 不是你说的,支部书记要作风民主,要善于发挥支部委员会的集体智慧,虚心听取别人的意见,对老百姓有用的我们都要采纳吗?"

杨水才"嗯"了一声,止不住地笑了起来。

1964 年,杨水才帮助水道杨村种上了核桃等经济树木,从此水道杨村走上了致富的道路;1964 年,杨水才帮水道杨村的孩子完成了继续上学的梦想;1964 年,水道杨村出现了幸福塘,水道杨村的村民也因为幸福塘而真正幸福了起来!

曾有这样一句诗:随风潜入夜,润物细无声。 或许在水道杨村村民的眼中,杨水才对于水道杨村,就是这样一个存在吧! 他用他瘦弱的肩膀撑起了一片天空!

第八章　回忆往昔岁月愁

1964 年的春节，杨水才正和母亲在吃年夜饭，年夜饭丰盛，有鱼有肉，还有馒头和米饭。

杨母夹了一块肉，放在嘴里慢慢咀嚼，然后说："水才啊，现在生活真是好了啊，肉都能吃上了，想当年你还小的时候，咱们可是连草根树皮都找不到，那时候的人真是挨饿啊！今天的幸福生活，我们真得感谢共产党，感谢伟大领袖毛主席……"

杨水才夹了一口菜，"对啊，没有共产党、没有毛主席，我们不知道已经死过几次了！"

杨母突然放下了筷子，眼中含着泪说："你姐姐当了别人家的童养媳，年轻时候是遭了不少罪，解放后，日子也已经好过多了，我现在也不担心她了，你弟弟现在也一大家子人了，也没有啥可担心的了……只是不知道你那两个妹妹怎么样了，当初……当初没了她们……我的心……就像刀刺一样疼！"

杨水才说："娘，大过年的，你要哭了，以后一年都不顺了，再说，我一直都在托人找两个妹妹，我相信会找到她们的，我们还是讲点开心的事吧！"

杨母生怕新年不顺，硬是把眼泪憋回去，叹气说："有什么开心的事啊，一想起你那两个妹妹，也没什么好开心的。"

杨水才的眼神却游离了，叹气说："既然没有的话，那就忆苦思甜，您再给我讲讲以前的事情吧……"

…………

1925年6月29日，水道杨村这日的日头很烈，风沙肆虐，村中传来一声响亮的啼哭，是个男婴。

这是杨水才来到这个世界的第一天，见证这个大千世界的第一天。

在那个年代，一个孩子的出生并不伴随着幸福，而是苦难。特别是出生在一个贫穷的家庭。

杨水才就出生在一个贫苦农民家庭里。

他刚出生时，杨乾坤和妻子真是又欣喜又担忧。欣喜的是杨水才是个男孩，能够为杨家传宗接代；担忧的是家里这么穷，上面还有一个女儿，生怕养不活这个男孩。

那时的杨家地少人多，杨乾坤和家人累死累活拼命干也是于事无补的。杨家一年到头还是连顿糠菜都吃不饱，常年过着饥寒交迫的生活。

杨水才在这样的环境里生活了8年。8岁的小水才就已经有自己的想法了，他会整天拿着一根小树枝在大树面前"打仗"，也会把那小树枝紧紧地拿在手里在沙地上写写画画，他渴望有知识，渴望当一个勇士！

杨水才 8 岁那年，他帮母亲劈柴，小胳膊细细的，拿起斧头来却连眉头都不皱一下，他用自己微薄的力量帮助着这个贫穷却又温馨的家。

他把柴劈完，拿到母亲面前，然后就在她身边静静地站着。

杨母以为他正在等待夸奖，于是她用手轻轻地抚摸杨水才的头说："真能干！"

杨水才听了这话没动，还是站着，单单薄薄的一个小人，杨母看了有点心酸，她问："水才，你想什么呢？"

杨水才听了这话抬起头，眼睛看向母亲说："娘，今天小柱子和我玩，他说他会写字了……他说他已经去上学了……娘，我也想写字……我也想上学……"

杨母看出了杨水才眼里的渴望，她真不忍心熄灭儿子的希望，但她还是无奈地说："你爷爷因为饥饿已经去世，咱家现在能有一口吃的就不错了，水才，再等一等好不好？等我们缓过这一阵，娘就算砸锅卖铁也要帮助你去上学！"

杨母何尝不想让儿子上学，她也想让儿子成才，不再过这样的苦日子。

"娘，我都……我都等了两年了……你上次说等到水道杨下雪了就让我上学……可水道杨已经下了两场雪了……"

杨母低下了头，确实，她拖了儿子已有两年的时间了。

"再等一等，你相信娘。"

杨水才低下了头，跑出去了。

杨母看着孩子跑出去的背影并没有阻止，她知道，孩子虽然只有 8 岁，却也懂得了生活的艰辛。

穷人家的孩子懂事早，谁都知道这个道理。

吃完晚饭之后，杨乾坤就被妻子拉进了屋子里，可他还有木头在山上没背下来，于是就着急地说："你等会儿再和我说，我先去把山上的木头背下来，一会儿叫人偷了去就不好了！"

杨母紧紧拉住他说："我和你说件大事，说完你再去背吧！"

杨乾坤不解，忙问："什么大事？"

杨母说："水才想上学……两年前就开始求我了，我看孩子实在可怜……要不让他上了吧……"

杨乾坤也不说话了，他坐下了，想了一会儿问："学费需要多少钱？"

杨母说了学费，却看见杨乾坤起身就走了。 杨母以为他不同意，但还是问了一句："你去哪儿？"

杨乾坤听见妻子的喊声又回头说："我去给水才挣学费！"

这八个字敲在杨母心上，杨母听了之后愣了一下，然后才跑出屋子找到杨水才。

杨水才还在因为母亲的话而难受，却没想到母亲一下子把他抱起来说："我的儿子要上学了！ 我的水才要上学了！"

8 岁的杨水才在那一夜睡得格外香甜，他梦到了和小柱子一起上学，小柱子的成绩没他好，父亲和母亲知道后还夸奖自己棒！

然而杨水才不知道的是上学之后家庭要承担的那份艰辛。杨乾坤和杨母勒紧了裤腰带送他上学念书，他们有时候吃不饱饭，夜里为担心钱不够而睡不着觉。 杨乾坤为了杨水才的学费累得腰都直不起来，头上的白发更多了！

这些，都是杨水才看得见却又无能为力的事情。但好在，他可以通过自己的努力让这份艰辛变得值得。

杨水才在学校上课时，刻苦认真，下课时别的小孩子都出去活动，只有杨水才在预习功课。他也会羡慕别的小朋友嬉笑游戏，但他知道自己不能这样做！

父母送他上学，已经让家里负债累累，他不能再像个什么都不懂的小孩子一样。

杨水才的努力没有白费，他的成绩总是名列前茅。杨水才最喜欢的就是考试，因为每次到了考试的时候，他总是会考第一名，他把试卷拿给父母看，父母会夸赞他脑子聪明，会说他学习刻苦。更重要的是，他会在那一刻看见父母开心的笑容。

如果让杨水才回忆小时候最快乐的时光，他会毫不犹豫地说："是我上学的日子！"

但是好景不长，不到两年的时间，杨家是一点钱也拿不出来了。

杨水才虽渴望读书，但也能体谅父母的艰辛，难受几天后，他还是对母亲说："娘，我知道咱家没钱了。我把课本上的字认全了，我想好了……这学……我就不上了！"

杨水才的懂事让人心疼，杨母抱着杨水才大哭："我可怜的儿子！我懂事的儿子！"

杨水才用小手擦干母亲的泪水，"娘，别哭了，我的好朋友杨鹏也不上学了，那，那，我也不上了……"杨母哭声更甚，她感觉自己愧对儿子！

小车不倒只管推

杨水才最终还是辍了学,离开学校之前他看了学校很久很久,似乎要把学校的一切印在自己的脑子里,似乎想把自己的灵魂都留在学校,让灵魂接受教育的熏陶。

杨水才辍学之后就跟着母亲在路边讨饭了,母亲拿一个碗,杨水才拿一个碗。杨水才感觉学校离他越来越远,正如安逸离他越来越远。

贫穷是可怕的,但和失去家人比起来,却也没那么可怕。

杨水才10岁那年,杨家在"民国万税"的残酷逼迫下,最终还是站不住了。

杨乾坤没日没夜地干活,只为了能有口余粮让家人饱腹,但那时的政策要求农民交的税简直是多如牛毛!

杨乾坤手里有点钱还没暖热就会被各种各样的收税人收走!

深夜,杨水才的父母坐在炕上相对沉默着,杨乾坤先开口说:"家里一点粮食都没有了吗?"

杨母低着声音说:"早就断粮了。"

又是一阵沉默,杨乾坤说:"要不,咱们把闺女给地主送去?"

杨母没有犹豫地拒绝说:"不行。"

"不行也得行啊!那你现在还有什么办法!"杨乾坤无奈地说道。

杨母盯着杨乾坤说:"那是你女儿!你亲女儿!是咱们辛辛苦苦养大的!"

杨乾坤无奈地摇摇头说:"我又何尝不知道呢,可是又能怎么办……"

杨母再一次拒绝说："他们找的是童养媳！ 是童养媳啊！ 没人会把童养媳当人的！ 你把女儿送去，不就是送进了地狱嘛……"

　　杨母说着已经哽咽了，杨乾坤也难受得低下头说："我怎么会不知道这些。 但除了这个办法你还能想出别的办法吗？ 送去地主家至少她吃得饱、穿得暖，总比跟在咱们身边饿死好啊……"

　　杨母止不住流泪，低声哭泣说："我不配当一个母亲，我愧对我的女儿！"

　　杨乾坤说："送去吧，保全了女儿，也救活了咱们……"

　　杨母没有再说话，她轻轻地把眼睛合上，似乎看到了小时候的女儿。 女儿像她，长得漂亮，脸上红润润肉嘟嘟的。 她对女儿说："以后啊，娘给你找一个新女婿，让你穿花衣服嫁过去，你说好不好啊？"

　　女儿嘟着小嘴，不明白母亲说的"嫁过去"是什么，只能重复着母亲最后才说的那个"好"字。

　　她说："好啊……好啊。"

　　那时的杨母听了哈哈地笑，此时的杨母回想起来心里竟是针扎一般的疼。

　　她的女儿原本也是要被人宠的，也是要被人放在手心里疼的。

　　杨母在泪水里过了一夜，早上起来眼睛肿得厉害。

　　女儿走过来，看着母亲明显肿了的眼睛问："娘，您的眼睛怎么了？"

　　杨母没敢看女儿，她怕看了眼泪还会止不住地流，"没怎

　　　　　　　　　　　　　　　　　小车不倒只管推

么，昨天蚊子多，娘被蚊子咬了！"

女儿听见母亲这么说没有一点怀疑，反而轻轻吹了吹母亲的眼睛，说："娘，被蚊子咬了很痒的，我给你吹吹，吹吹就不痒了。"

女儿轻轻抱住母亲的脸，温柔地帮母亲吹了几口气。

杨母难受得落了泪，她赶忙擦去，但还是被女儿看见了，女儿担心地说："娘，您怎么哭了？"女儿想了想，又说："娘……是我把您吹疼了吗？"

杨母赶紧摇头说："才没有呢，我闺女吹得舒服极了。"说完一把把女儿抱起来，"你想不想吃饱饭啊？"

女儿听见了，表情似乎有点希望，她轻轻地说："想啊。"

杨母抱住了女儿，"很快你就能吃饱饭了，别急……很快了……"

中午，杨水才在大门口隐隐约约看见了父亲的身影。父亲走得摇摇晃晃，杨水才仔细看，才发现父亲身边还有两个人。

那两个人长得人高马大，把杨乾坤衬托得很瘦小，杨乾坤跟在两个人身后，一路上也没有太多的话。

在杨水才的眼里，父亲就像被两个壮汉夹在里面，飘飘晃晃，像用线提的木偶。

杨乾坤很快就走到了门口，还有那两个男人。

其中一个男人问："这就到了？"

杨乾坤说："到了。"

"那就进去吧，傻等什么呢！"

杨乾坤看着有气无力，向左歪了一下头就进去了。

进去了之后，一个男人推搡了一下杨乾坤问："叫出来啊！"

杨乾坤喊了一声，"妮儿，出来了！"

然后杨乾坤就低下头，一声不吭。但趴在窗口不敢声张的杨水才看得清清楚楚，杨乾坤的眼里有了一滴泪，那是从未有过的。在杨水才的眼里，父亲从来都是坚强的，日子再苦再累都没有流过一滴泪……

很快，女儿就出来了，身后还跟着杨母。杨水才一看家人几乎都出来了，他便也待不住了，急匆匆地走了出去。

杨母紧紧地牵住女儿的手，眼神里都是无可奈何的悲伤。

对面的男人看见了女孩上前就要拉走，女儿不知道这是什么情况，只能紧紧抓住母亲的手，嘴里大声说："娘，娘！我怕！"

杨母心一狠也松开了手，"闺女，你跟着他们是去享福的！你去了就能吃得饱了！"

女儿一直在哭。小小的杨水才看到姐姐马上就要被带走，也害怕得哭了，他对父母说："爹、娘，把姐姐救回来吧，姐姐都哭了！"

两个孩子都哭了，杨母看得揪心，又狠了狠心转过了身，对杨乾坤说："你过来！"然后又对那两个男人说："快把她带走吧！"

一个男人抱起了女儿，转头就走了，可怜的女儿在男人的怀里挣扎，她挥舞着小手，嘴里喊着："娘，快救我，快救我！"

杨母最后忍不住，回头看了女儿一眼。女儿虽然走远了，但是呼喊的声音却始终在耳边，杨母看见女儿的小手还在挥舞，还在用力挣扎。

这边杨水才还在哭着，他担心自己也被那样的坏人抓走！

杨母见杨水才哭泣，狠狠地打了杨水才一下屁股，大声说："不许哭！ 不许哭！"

杨母越打杨水才哭得越响，杨母打久了，也心疼了，她一把抱住杨水才说："不哭啊，不哭……"

杨乾坤把那两个男人给他的粮食硬生生摔在地上，脸上全是悔恨之意！

粮袋摔破了，粮食漏了出来，杨母看见了，抹抹眼泪，一个人默默地捡起来，她用手把撒出来的粮食聚拢起来，滤了滤灰尘就装起来。

杨母拿起粮食恶狠狠地对杨水才说："这粮食是你姐姐换来的！ 你听见没有！"

杨水才从来没见过这个样子的娘，他点点头！

杨母又说："你吃了它就要出息，出息之后把你姐姐找回来！ 听见没有！"

杨水才连连点头，尽量憋住自己的眼泪。 他知道，虽然母亲没有救姐姐，但她一定也非常非常伤心！

杨家有了粮食吃，是用女儿换来的，是用女儿的自由换来的。

女儿被送走的第三天，门外突然传来了女儿的声音。

"娘，给我开门！ 给我开门！"

杨母突然醒来，拍醒了杨乾坤说："我听见闺女的声音了！"

杨乾坤显然没有听见，"女儿走了，我知道你想她——"

话还没说完，窗外又响起了女儿的声音，"爹！娘！给我开门啊！"

杨乾坤一下子坐起来说："真是女儿！"

他似乎比杨母还要激动，立刻下了炕披了衣服就去给女儿开门。杨母也紧随其后，心一直在怦怦直跳。

到了门口，女儿果然正在门口。

杨乾坤一边开着门一边问："妮儿啊，怎么回来了？"

没等女儿回答，杨母又重复了一遍说："对啊，好好的怎么回来了？"

没想到女儿一下子哭出声来说："娘，那个地方你们不要再让我去了！他们整天叫我干活，没有一刻是闲着的，慢一点就会遭到打骂，我害怕啊！"

杨母听了女儿的遭遇不是不心疼，她的整颗心都揪在一起。如果有可能，她何尝不想代女儿遭受这份罪！但她不能，她的女儿也不能逃！因为杨母知道童养媳如果逃跑被抓住是会受到毒打的，现在唯一的办法就是让女儿自己回去！

这样女儿的罪才能少遭一点！

"闺女，听娘的话！趁现在天还没亮，快回去吧！别让地主家的人发现了！"

女儿却不听，"娘，我不要回去了！"

杨母摇摇头，绝情地说："快回去！"

女儿哭了，委屈至极，"娘，你是不是根本就不疼我啊，你为什么一直让我走啊！"

杨母听了女儿的话，感觉心像被刀扎了一样，"闺女，你

　　　　　　　　　小车不倒只管推

也是娘身上掉下来的一块肉啊，娘也疼你啊，但娘也无能为力啊……"

"你就是不疼我，你就是因为我是丫头才不疼我，你最疼弟弟，所以你才没有把弟弟送出去！"

杨母声嘶力竭地说："怎么会啊！ 我怎么会不疼你啊！ 我一样地生你养你！ 也是把你放在手心里疼的！ 把你送走我心里也疼！ 闺女，你去的虽然是地狱，可也能吃饱饭！ 比在这里饿肚子好！ 爹娘没用，爹娘没用啊……"

杨母跌坐在地上，眼里一直流着泪。 女儿也哭了，但嘴里还是一直嚷着"不回去，我不想回去……"

杨乾坤把杨母扶起，对女儿说："妮啊，我和你娘对不起你，对不起你啊……"

…………

天亮了，女儿还是回到了地主家，这一切，是无奈，是贫穷背后的无奈！

用女儿换来的粮食，杨家只吃了七天的时间。 一家几口人全要靠杨乾坤活着。 最后杨乾坤为了全家的生存，和杨母商量过后还是忍痛卖掉了三亩地，有了卖地的钱，杨家才能聊以度日。

世上没有永远的安逸。 好景不长，杨家吃饱饭的日子没过上多久，转眼间又到了苦难期。

只过了半个月，一个地主就来到了杨乾坤的面前，有的没的说了七八种税捐，杨乾坤听了心脏剧烈地狂跳，似乎五脏六腑都要蹦出来，他问："为什么又有这么多税，我不是都交过了吗？"

地主趾高气扬地说："这税哪能稳定啊，不得看人看年头涨嘛，时多时少的，谁能说个准！"

杨乾坤听了地主的话，明知道他这是在盘剥自己，但也没地方去说理，只能把卖了三亩地的钱先交了上去。

地主也不查是多少，只是尽数装进了衣服的里兜里，然后洋洋自得地走了。

地主走后，杨乾坤静了静心神，却发现心跳止不住地越来越快！ 他闭上了眼睛，身体直直地躺在了地上，昏过去了。

杨母发现杨乾坤躺在地上的时候，脑子似乎停止了思考。醒过来神后她又用最快的速度去找了镇上的大夫来给杨乾坤看病。

那时候的妇女没什么主见，没嫁人就听父亲的，嫁了人听丈夫的，丈夫没了就听儿子的。 所以当杨母看见倒在地上的杨乾坤时，她感觉自己的天都要塌了。 大夫说什么就是什么，什么药都买，只要杨乾坤能平安无事！

后来杨乾坤醒了，杨母松了一口气，但是家里的积蓄也花完了。

杨乾坤一点办法也没有，他刚得了重病，只能卧床不起，加上被地主坑了，一时间又急又气，病情逐渐加重。

杨乾坤说这病治也治不好，就不治了。 但杨母不干，铁了心要治好杨乾坤的病。 为了治杨乾坤的病，杨母只得又卖了一亩八分地。

杨母拿了这钱就去找更好的医生，但医生还没请到家，就有人闯进家门派丁逼壮丁款，并气势汹汹地说："交出杨水才壮丁款三百块，不交钱，就绑人。"

杨母怕极了这个场景，有了女儿的先例，杨母是无论如何都不会让这帮人带走杨水才了，于是就把刚拿到手里的钱交给了他们。

三百块的壮丁款刚被讹走，收取苛捐杂税的地主又逼上了头。

杨母苦苦哀求说："我们家是真没有钱了，真的没有了。"

地主不为所动，狠狠地说："没钱就抓人，把人吊在大庙里活活打死！来人，把她给我绑了！"

地主刚刚说完，身后就出现一群人绑了杨母，杨水才亲眼看见母亲被绑，他上去救母亲，结果被地主一脚踢开，杨母在被绑走的那一刻心里还挂念着儿子有没有摔坏！

地主把杨母吊在大庙里的大梁上，让底下的人把她打得死去活来，看人似乎活不成了，就又把杨母送到公所里押起来。

这边，杨乾坤还贫病交加地躺在床上，对妻子的下落和处境十分担心。杨乾坤突然说："水才，来，把我扶起来……"

杨水才立即把父亲扶起来，可怜兮兮地说："爹，咱们去救娘吧，娘被那群人抓走了，一定会遭很多的罪！"

杨乾坤走投无路了，最后只好将剩下的地全部卖光，才带着杨水才去赎回了杨母。

杨母看见他们两个，眼泪就止不住地流。

她一边哭一边说："你们怎么来了？你们怎么来了？你们快走啊！"

杨水才大声地说："娘，我们来救你了！"

说完这句话，就有人把杨母拉出来，推到杨乾坤身边，恶狠狠地说："以后就别再欠税了，要不人也受罪钱也少不了！"

三人离开了这个充满戾气的地方，但杨母一路上都在哭泣，她说着自己有多害怕，说自己挨了多少人的打，杨乾坤越听越心酸，杨水才也心疼母亲。

　　转眼就到家了。

　　到家时，她看见两岁的小儿子正有气无力地躺着，两只小手不停地挥动，似乎身边也没有什么着力点，他的小手摸到了破旧的被套。

　　他花了好大力气才把那破旧的被套拿到手里，杨母正看他下一步想干什么的时候，就看见小儿子的小手撕着破被套用力地往嘴里填。

　　杨母看见了这一幕，真是心疼得不得了，急忙把他抱怀里，轻轻地拍着他说："不吃不吃哦，过几年你就能吃上好的了。"

　　他见母亲的嘴一直张张合合，就用小手扒开娘的嘴，想从娘嘴里找点吃的东西。

　　可是小家伙的计划落空了，他不知道的是，母亲也饿了好几天肚子了，也同样好几天没吃东西了，小家伙在母亲嘴里又能找到什么呢？

　　小孩子不懂体谅，不懂责任，也不懂为什么娘不给他吃东西，他用两只小手抓着娘的衣襟儿，一直在哭，哭着哭着就断了气。

　　杨母一开始只是以为孩子哭累了，所以才倒头睡了，但是她仔细一听，发现孩子已经没有呼吸了。

　　杨母整个人都崩溃了，她自言自语说："我的儿子怎么了？为什么他没有呼吸了！"

　　　　　　　　　　　小车不倒只管推

杨乾坤听了这话凑过来，仔细看了眼孩子，他才发现，孩子已经走了。

　　杨乾坤似乎已经无悲无痛了，拍了拍妻子说："孩子去别的地方享福了！　这是你我的福气，去哪里都比在这里强啊……"

　　杨母刹不住闸地哭起来说："他才两岁！　他是活活被饿死的啊……"

　　杨乾坤也忍不住落泪了，生活简直对他们太残忍了。　他们先是亲手送走了大女儿，然后又看见儿子死在自己的眼前。家里再也没有什么保障了，地被卖了，杨乾坤也生病了，所有的东西好像都在这一刻被摧毁了……家里没有土地了，生命更是像无根的浮萍一样可悲。

　　而这时，可恶的伪甲长又来到了杨水才家，恶狠狠地说："人都快饿死了，还要这房子干什么？"

　　杨水才家除了房子已经一无所有了，难道连最后剩下的这三间房子都要被伪甲长霸占了吗？

　　他们是不管这些的，这群恶人只顾着自己的利益，他们到底还是收走了杨水才家的房子。

　　从此，杨水才家没有了房子，就算要饭也没有了窝。　全家没有地方可以去了，被迫搬到杨家祠堂里，原本就艰难的生活更是雪上加霜。

　　厄运不会因为生活足够悲惨就停止，紧接着，杨家祠堂里又来了几个不速之客。

　　是人贩子！

　　原来是昨天杨乾坤和妻子出去讨饭，临近天黑还没要到一点吃的，杨母忍不住对杨乾坤哭泣说："这可如何是好，家里老的老小的小，如果我们要不到吃的，他们早晚要饿死啊！"

杨母的哭诉被一个从旁边路过的人贩子听到，那人问："你们家还有啥人？"

杨乾坤不知对方是人贩子，老实回答说："我们家现在还有老母亲和一个儿子两个小女儿！"

人贩子说："我给你们一点干粮，与其饿死，你那两个女儿不如让我带走！"

此时，夫妻二人才知道碰上了一个人贩子，杨母大声说："你别想这事，我们就算饿死，也不会卖掉两个女儿！"

人贩子从车子上丢下来一些干粮，冷冷一笑后扬长而去！

杨乾坤看到人贩子走了，就把干粮捡起来，杨母却说："他爹，不能捡，如果我们要了这些干粮，人贩子会认为我们同意卖掉女儿啊！"

杨乾坤急忙扔掉干粮，夫妻二人逃也似的离开现场。

回到祠堂，看到已经饿得东倒西歪的母亲和几个孩子，夫妻二人又急忙回到扔掉干粮的那条小路上，好在天黑，没人注意地上有东西，那一小袋干粮还静静地躺在那里。

夫妻二人惊喜地相互对望，杨母伸手想捡起干粮，随即像被毒蛇咬住一般，痛苦地把手又缩了回去，这一刻她不知该如何形容自己复杂的心情！

杨乾坤长叹一口气，"捡起来吧！ 活命要紧啊！ 这个世道还顾忌什么脸面！ 还顾忌什么尊严！"

杨母低声哭泣："我们哪还有什么尊严，不饿死就已经不错了！ 可我还是不敢捡起来，总觉得它是一个祸害！"

"别想那么多了，一家人活命要紧！"杨乾坤说完捡起干粮。

夫妻二人也已经饿得头昏眼花，互相搀扶着向祠堂走去。

一旁走出来一个人，正是傍晚时杨乾坤他们碰到的那个人，只见他嘿嘿一笑，低声说："就知道你们不会真的扔掉干粮，与能活下去相比，脸面、尊严又能值几个钱，嘿，明天……"

那一小袋子干粮，只够他们一家子吃上两顿，杨母为了孩子能多吃一点，自己两顿饭加起来就吃了一个杂面馒头！

第二天中午，杨母出去给家人找一点吃的，她担心昨天碰到的人贩子来祠堂抢孩子，就让杨乾坤守在祠堂看护孩子。

杨乾坤看着妻子有气无力的背影，还是有点不放心，等了好大一会儿还不见妻子回来，便对母亲说："娘，水才他娘这么多天都没有吃多少东西，身体也快承受不住了，出去这么长时间也没有回来，我有点不放心，出去找一下她！您看好孩子们，昨天我们碰到人贩子，他娘一直担心呢！"

"你去找他娘吧！我会看着孩子们，这大白天的，他们还敢抢孩子不成？"

"还是小心为好！"杨乾坤说完就急匆匆地出去寻找妻子了。

杨乾坤刚刚出去一会儿，夫妻二人担心的事情还是发生了！人贩子粗鲁地闯进了门，轻车熟路地把两个女孩绑上了。

年迈的奶奶真的吓傻了，她没有想到大白天会有人进来抢孩子，老人哭叫说："你们是什么人，为何要抢我的孙女？你们快放下她们！"

老人边哭喊边上前去救孙女，一个人贩子一下把老人推倒在地。杨水才见两个妹妹被绑上了，下意识就去救妹妹们，无奈人小力气小，人贩子骂了他一句不自量力之后就一脚把杨水才踹在地上。

杨乾坤在村口碰到杨母，杨母紧张地问："你怎么来了，不是让你在家看着孩子吗？"

"我不是担心你……"

"快，别说了，我这心里一直不安，咱们赶快回去！"

夫妻二人急忙向祠堂跑去。人贩子刚要走的时候，恰巧杨乾坤夫妻二人赶了回来。

杨母看见两个女儿都在人贩子手上，一下子愣住了，她急忙说："你们为什么抓我女儿？"

人贩子听了杨母的话只觉得幼稚极了，他说："你听清楚了，昨天你们既然收了我的干粮，就是同意把两个女孩卖给我，今天我就是来带走她们的，你们能怎么着？"

人贩子说完就带着两个女孩走了，他们走得快，杨乾坤、杨母在后面追不上，只能一边追一边大声哭叫："求求你们了，我们会把那些干粮还给你们的，我们不能卖女儿，你们放了我的女儿吧……"

人贩子装作若无其事，他们背上的两个小女孩一直在反抗说："爹、娘啊，救救我们！我们不想和他们走！我们不想！"

两个女儿凄惨的叫声始终回荡在杨母的心里面，挥之不去……

灾年还没过，杨水才家已经人丁稀少。小弟弟死在了母亲的怀里，人贩子把他的两个妹妹不分青红皂白地带走了，杨母哭得昏了过去。

本来还在苦苦追赶的杨乾坤，看到妻子昏倒在地，往前追了几步，又转身回来，他抱住晕倒的妻子，悲愤地大叫："老天爷啊，这是个什么世道呀！这是个什么世道呀！"

杨水才在两个妹妹被带走之后就开始全身心地照顾他可怜的奶奶，但那时的生活就是这样，噩耗不断，似乎要把所有人逼死！

杨母带着家人出去讨饭的时候，由杨水才扶着年迈的奶奶。

奶奶一路上说了很多话，大多是一些忠告，杨水才听得多了，就不爱听了，所有的回答都像是在敷衍。

终于，奶奶不说了，杨水才却也感觉奶奶的情况似乎有些不妙。他回头看了一眼，正看见闭上了眼睛、面目却十分柔和的奶奶，奶奶走得这样急，急得杨水才都没好好听完奶奶的忠告。

杨水才的奶奶活活饿死在讨饭的路上。就这样，全家九口人，在不到三年的时间里，死的死，卖的卖，少了六口。

年仅十二岁的杨水才似乎在一夜之间长大，他跟随着父亲给本村一家地主当童工，每天起早贪黑拼死干，仍然连顿饱饭也吃不上。一次，他干完活，刚开始吃饭，就被狠心的地主婆一脚把馍踢出老远，还恶狠狠地骂道："饿死鬼，做的活还不够一顿饭钱！"

那时的杨水才就想反抗了，可他有冤无处申，有苦无处诉，仇恨充满胸膛。

后来，托亲戚说合，杨水才家于 1943 年租种了桂村一家刘姓地主的十亩地。一家人都以为生活要变好了，但一家老小累死累活地干，打下的粮食却全都被地主霸占，还说不够交租。杨水才对吃人的万恶的旧社会和敲骨吸髓的地主看透了。

这日，十八岁的杨水才终于忍无可忍了，他来到了刘地主的门口，指着刘地主的鼻子大骂："你这斗是吃人的斗，秤是要命的秤，我们穷人总有一天要和你算清这笔血泪账！"

姓刘的地主一听，恼羞成怒说："你说的什么胡话？"说完就抓起一根棍子向杨水才打来。

杨水才一闪，地主摔倒在地，还跌了个"嘴啃泥"。

刘地主摔倒了，众人看了一场笑话。

见这么多人都在耻笑他，刘地主气愤地用手指着杨水才说："你等着，我要把你送进牢狱里去！"

杨水才听了这话还是有几分害怕的，于是心也慌了，但就是执拗地不肯道歉。

杨乾坤见状赶忙下跪，不停地磕头，替杨水才求情。

刘地主在杨乾坤这里找回了面子，却又总觉得不够，于是当着众人的面说："你儿子犯了错还不认错，那你就替他受罪吧。"说完，看看四周，又说："我看这个地方就不错，你就在这儿跪着吧，跪到我满意了消气了为止！"

杨水才的冲劲上来了，看见刘地主这么对待父亲，他的心中难免激愤，大声说："刘地主，你要撒气向我身上撒，不要平白无故冤枉了别人！"

杨乾坤面带悲愤，看着杨水才，小声劝说："儿子，咱们服个软，不能出事啊！ 我们要是出事了，你弟弟才几岁，你娘他两个也活不了啊！"

杨水才听到父亲的劝告，牙齿紧紧地咬住嘴唇，鲜血顺着嘴角流了下来，但他已经感觉不到疼痛，两只眼睛怒瞪着刘地主。

刘地主看到杨水才不服气，一副还要反抗的架势，怒气冲冲地对杨乾坤说："你儿子这么不懂事，还和我这样子说话！我决定了，不仅要你跪着，还要你给我磕头！"

杨水才听了刘地主的话，顿时就不敢吭声了。 他的父亲正在因为他的冲动而被惩罚！ 是他冲动错了，他不该冲动！

这夜，杨乾坤跪了半夜，磕头无数，但这姓刘的地主仍怀恨在心，伺机报复。

杨乾坤怕儿子遭到不幸，就劝儿子暂时到外地躲一躲，于是杨水才就连夜到了郅庄，当了长工，不久，还是被一心要打击报复他的刘地主派人给抓了壮丁。

往事真的不堪回首啊！

母子二人，尤其是杨母，每当想起旧社会非人的生活，心中就会痛苦万分，但杨水才感谢这个经历，如果当初没有刘地主的逼迫，他也许不会有机会加入中国人民解放军，如果没有部队的历练和培养，他的思想境界不会提升，也许只会考虑自己的衣食住行，不会有一心为人民群众服务的伟大抱负！

古来贤达常坎坷，慎尔出处超其群。

想必英雄伟大的一生，都要如此坎坷吧！

第九章　废寝忘食甘为烛

顺风顺水时，人们总会感觉时间过得飞快，因为日子不再难熬，无时无刻不是幸福的。

每天期待着日出，因为这样能喝上一碗浓稠的粥，能呼吸一下清新的空气，能迎接第一缕阳光。 每天期待着日落，因为这样就可以带着欣喜入睡，消散一天的疲惫。

以前的人们感觉日子过得慢，恨不得日日都是黑夜，这样就可以长眠不起。 那时的人们不喜欢阳光，不喜欢未知的一切，那时的他们怕失去、怕离开！

1964 年，水道杨村富起来了。 杨水才主张种的桃树、柿子树上，结满了果子。 一些外地人还到水道杨村购买他们育成的桃树、杏树苗，这是属于水道杨村所有村民的第一桶金。

那年的杨水才刚刚三十九岁，还没有进入不惑之年。

杨水才为家乡群众的富足，一直在燃烧着自己。

别村的村民听了杨水才的故事，觉得不可思议，会反驳

　　　　　　　　　　　小车不倒只管推

说:"怎么可能呢? 没有半点私心,一心为民,这个世上根本不会有这样的好人啊!"

"真的有这样的人,你都不知道杨水才有多好,他为了能让村里多种一棵树,就跳进井里捡起了那个核桃,差一点死去啊! 为了给学校拔草,他已经累得腰都直不起来了!"

"果真有这样好的人啊,可惜了,没生在咱们村子里,要不咱村子早就富喽!"

"对啊对啊,你说之前的水道杨村多穷啊,人都活不下去。 你看现在呢,人人都能吃饱了,还有能卖钱的东西了。"

有人为自己没在水道杨村生活而遗憾。 也有人说:"十年河东十年河西。 当年水道杨村多苦啊,全村能有几户人家吃得饱? 杨水才家里更惨,死了那么多人……杨水才还是战场上下来的,也算是九死一生了,该有好日子过了。"

众人听了一阵唏嘘。 各有各的福气吧,也不求那么多了。

而此时,杨水才正坐在自家的院子里喂一只从村外跑来的小狗。

小狗整体是棕色的,身上也有一些黑色的毛,杨水才猜测它应该是一只杂交犬。

杨水才喂它谷子,它不吃,望着杨水才家里晒的腊肉乱叫。 他反应过来,"你该不会是被有钱人家扔了的狗吧!"看着被狗嫌弃的谷子,他说:"你还是只嘴刁的狗!"

那条狗果然是大户人家养的,能听懂人话。 杨水才说完,它竟然头也不回地转身离开了。

杨水才没有生气,反而觉得有几分好笑。 他想,万物皆有灵气，何况是一条聪明的狗呢!

他笑笑，想起了下午还有一个会要参加，便立即回去换了件正式一点的上衣。换好之后，正好赶上了母亲把饭菜端上桌。

"娘，今天是什么好日子，做了这么多菜?"

杨母笑笑说："不是什么日子，就是娘想做了，也想让你多吃点!"

其实是杨母看杨水才太瘦了，村上没有一个同龄人像他这般瘦，似乎浑身都是硬硬的骨头，不到四十岁却像一个六十岁的老头一样。

"娘的手艺好，做什么我吃的都多。"

杨母始终记得，他刚复员回家那年，还不成熟，整个人都是懵懵懂懂的，做什么事都要问很多人，生怕自己出一点错误。被人误会了，也会气得青筋凸起。但现在杨水才早已独当一面了。他是个称职的共产党员，他要为伟大的党服务。

杨水才是一个称职的共产党员。他身上所有的伤、所有的病都是为了国家为了百姓，他的故事值得所有人歌颂。

大队党支部书记杨清明退休了，村民一致推选杨水才为党支部书记。杨水才却又一次拒绝了。他推荐了两名年轻优秀的同志，一个为党支部书记，一个为大队队长。

这天，杨水才去看望已经退休的杨清明。他看着杨水才叹气说："老搭档啊，我几次都想主动让贤，村民们也一致选你当支部书记或者队长，你为何都是拒绝啊!"

杨水才微笑说："谢谢您和全村人对我的信任和厚爱! 我身体这个状况，不能拖了村民们的后腿，我们应该选出一批有

　　　　　　　　　　　小车不倒只管推

能力、讲奉献、敢于拼搏的年轻人充实到大队领导班子中。杨清章同志任党支部书记，岳建智同志任队长就不错，他们年轻，有能力、有思想、有抱负，最为关键的是讲奉献，我相信他们会带领水道杨村迈向一个新的台阶！至于我，还是小车不倒只管推，一如既往地干好工作，在背后默默地支持好他们！"

杨清明伸出大拇指："不图利，不图名，甘当人梯，一心只为百姓，杨水才，我这一生最服气你……"

这是杨水才轰轰烈烈的 1964 年，但杨水才轰轰烈烈的不仅只有 1964 年。

在 1965 年，杨水才的故事依旧轰轰烈烈。

这还要从 1964 年的晚秋说起。

那一天，杨水才午饭后，在村外闲逛。他看见秋收过的田地里，已经种上小麦，小麦还没有露出地面，大地一片空旷，站在高处可以看见水道杨村的房屋。

这时杨水才看到村西头的杨大娘正捡田地间遗漏下的秸秆。他很纳闷，因为水道杨村已经没有几户不富裕了，就算不富裕的人家也都能吃饱饭。杨大娘不算瘦弱，看着并不像吃不饱饭的样子。

"大娘，这个时间了还出来捡什么秸秆，这些东西也不值多少钱……"

杨大娘认出了杨水才，笑笑说："不是用来换钱的，我家人都忙着打粮呢，我一个老太婆闲着无聊，出来找点事干。"接着又解释，"虽然捡这些赚不了多少，但也算没有闲着了。现在收成好了，家里也不用我这个老太婆出力了。"

杨水才听了杨大娘的话，也帮忙捡着秸秆，笑着说："水道杨富了，村民也就省力了。"杨水才又捡起好几根，抬头接着问："大娘，这些可以用来烧饭吧？"

杨大娘一听立即点头说："用来烧饭好得很呢，不呛人。"

杨水才听了若有所思，"大娘，您觉得现在村子怎么样？"

杨大娘听到杨水才问这话，直起了腰说："村子好得很呢，没有人家吃不饱饭了。"

杨水才又问："那您会觉得村里少了什么吗？"

杨水才之所以这么问，就是因为当他站在高处看村子的时候，居然看出了一丝空旷。具体是缺什么，杨水才一时有点恍惚，所以才问老人。

杨大娘想了一会儿，然后说："村里啊……也没什么缺的。如果非要说的话，那就是多种些树吧。我老了，就爱看这些花花草草的，也爱看一排一排的大树。过去的水道杨村光秃秃的，但那时的人们只想填饱肚子，没时间去赏花看草。现在不是了，家里有儿有女，我们老了就愿意干点没用的事。咱们村不是有苗圃嘛，我们就爱去那里逛，也不为什么，就图个美，好看！"

杨水才听了杨大娘的话，明白了水道杨村到底少了什么！水道杨村虽然富了，但还少了优美的自然环境。几十年前的水道杨村虽然不依山傍水，但也是有花有草有树林的。

后来经过战争和困苦的岁月，早已经百里无林、十里无木了。

既然水道杨村曾经由有树有花变成了光秃的水道杨村，那以后还可能重复当年的惨状。

杨水才不想看到水道杨村变成那个样子，他希望水道杨村一直是一个富饶的村庄。

"大娘，如果水道杨村变成以前的模样，您会喜欢吗？"

杨大娘听了一惊，忙摆手说："那可不行，当年的水道杨村太穷了，哪有现在好啊。现在的人多幸福啊，谁愿意去换以前的苦日子啊！"

杨水才笑了笑，解释说："大娘，我说的意思是如果让水道杨还变回有花有草有树林的年代，您会很高兴吗？"

杨大娘听了这话才放心地笑笑，她说："那有什么不愿意的啊。你不知道吧，这花草树木可是养人啊。我一个姐姐就是西北的，他们那里寸草不生，我姐姐嫁到那里不到二十年就走了，不就是因为空气的事嘛。咱们种苗圃之后，村上人的肺病都慢慢改善了，这不就是环境好的好处嘛！"

"确实啊……"杨水才点点头说。

杨水才自己患有严重的肺结核，他知道得病的感觉有多难受，所以也不忍心让村民们再去忍受这样的病痛。

杨水才心想，毛主席教导我们，"绿化祖国""实行大地园林化"，一定要尽快落实村里的全面绿化，为村民的安全再加一道屏障。

随着时间的推移，杨水才的境界是越来越高，考虑问题站位也越来越高。他知道植树造林也是建设社会主义的需要，巩固国防的需要，发展集体经济的需要……

太阳快落山了，水道杨村村外不远处的田地里还能看见两个身影在弯腰拾秸秆。

黄昏之际，两个人回了家。杨水才帮杨大娘捡了一下午的秸秆，虽然不重，但还是把杨水才的脊背压出了一道弧线。

他说老人走夜路不安全，就一直把杨大娘送回了家。

"你真是好党员、好书记啊，快回家去吧，你娘也该等急了。"

最后杨水才是被杨大娘"赶"回家的。

在杨水才眼里，杨大娘和母亲年龄相仿，所以杨水才也就对她多了几分亲近。

杨水才回到了家，杨母正在给杨水才纳一副鞋垫。

"娘，我回来了。"

杨母穿针的手停顿一下，然后对杨水才说："锅里温着饭呢，你去拿出来吃吧！"

杨水才没有立即去拿饭，而是坐到了母亲身边，拿起母亲纳好的一只鞋垫说："娘，你说，我要是和村支部杨清章书记和岳建智队长说要绿化村庄，植树造林，他们能不能答应？"

杨母看了一眼杨水才，手上的动作没停，她说："怎么能不答应，绿化村庄又不是一件坏事……你啊……我可听说小杨、小岳他们很尊重你！"

杨水才笑了："娘啊，他们越是尊重我，我越不能摆老资格，一些事情，比如村庄的长远规划就要和他们好好商量。要一任接着一任干，不能今天一个计划明天一个规划，这任不理上任安排之事，最终遭殃的还是群众！"

杨母停了手上的活说："是啊！ 不说了，你怎么还不去吃饭呢，本来饭做得就早，现在估计都凉了。"

杨水才忙说："我还不饿呢。"

杨母说："不饿也要吃，吃完之后好好睡一觉，然后去大队部找他们好好谈谈村子绿化的事。"

杨水才听了这话才站起身，去了灶房从锅里拿出饭菜。吃过之后，杨水才好好睡了一觉。

第二天一早，杨水才睁开眼睛，脑海里就列出了这天要干的大事——去大队部找书记和队长说绿化的事。

想到这里，杨水才一骨碌爬起来。 打开房门，发现外面已没有了往日的炎热。

杨母拿着外套递给杨水才，"天气冷了，再多加一件衣服。"

杨水才接过了衣服却没有穿："还称不上冷呢，只能算是凉了。"然后把衣服又搭到母亲的胳膊上，说："娘，我去找他们了。"

杨母冲他挥挥手说："这么早，他们应该还没有吃早饭，你先去找小杨，快去快回，我等你吃早饭，吃了早饭再去，那时岳建智也该去上班了，你们再具体商议。"

杨水才离开家，来找杨清章。 这个新任的大队党支部书记比杨水才年轻十一岁。 他知道杨水才如果同意当支部书记，自己根本当不成。 就凭这一点，他就非常佩服杨水才不计名利甘当人梯的高尚品德。

杨清章正在做饭，锅里的米粒白花花的，杨水才看得满足。

"杨书记啊，这么早找我什么事啊？ 让人告诉我一声，我去您那儿就行了！"杨清章客气地对杨水才说。

"没事，你先吃饭吧，吃完饭咱们再说。"

杨水才想着反正不急，也就没有催他。

杨清章边盛粥边说："杨书记啊，您吃了吗？"

杨水才摸了摸自己空落落的肚子，想起自己昨晚也只是简单吃了点，今早还没来得及吃，就说："没吃呢！"

"那还客气什么，快和我一起吃吧。"

杨清章拉着杨水才，似乎怕他不好意思，于是又说："别不好意思了，都是些家常便饭，简单得很，快来吃一口吧。"

杨水才虽然饿，却不想麻烦别人。于是摆摆手，"不行啊！我今天来得匆忙，没有带来自己的饭碗！"

"没事，我这儿有的是饭碗，就用我的吧！"杨清章毫不在乎地说。

杨水才怕自己的病传染，坚决不吃杨清章家的饭。

杨清章有点难过："杨书记，您看这样行不行，您用我家里的饭碗吃饭，吃过后您把用过的碗筷带走，您为水道杨村做了这么大的贡献，我代表水道杨村送您一套碗筷还不行啊！"

"那可不行，我做的事都是一名共产党员应该做的！"

杨清章赞叹说："您的拒腐蚀永不沾的故事我已经听了多遍，您是我们学习的榜样！好吧，我也不吃了，听您说完，我再吃！"

杨清章拉着杨水才坐下。杨水才也不再客气，说了关于村子绿化的事。

"是这样的，你看，现在村子发展好了，村民富了，水道杨村的环境似乎已经变成以前的模样了，但实际上却不是的。"

杨清章问："那以前是什么样子的？"

杨水才反问说："你年龄小，记不记得以前的水道杨村……"

　　　　　　　　　　　　　　　小车不倒只管推

杨清章听了杨水才的话，想了想说："我记得一点，战争之前的水道杨村，自然环境绿化比现在要好，虽然那时村子没那么富裕。 那时水道杨村的野生树林也多，下了雨林地里就会生出大片大片的蘑菇，我小时候还跟着父母采过蘑菇，秋冬季节还有猎不完的野味。 那时的水道杨村没有想要赚钱的人，他们都想维持这样自然简单的生活……"杨清章回忆着，发觉这历历在目的往事竟有点模糊了。 他又说："自从战争之后就不一样了……那天啊，那天水道杨村还在继续着以前的生活，但天上突然飞来了一颗炸弹！ 这颗炸弹把水道杨村的人吓傻了。 他们四处逃窜，却也无处躲闪。 因为炸弹后面还有无数的枪弹……水道杨村从那天开始就变了……一个炸弹可以让几十个人没了性命，也可以让三五棵树连根拔起。 水道杨村成片成片的树林变成了现在的沟壑地，水道杨村的一些人也拄上了拐杖。"杨清章的眼神突然变得很悲伤，"我怎么会不记得战争以前的水道杨村呢，那个水道杨村那么美丽……杨书记啊，您知道吗，您已经把水道杨村建设得很好了，但现在的水道杨村是活在以往的阴影之下的。 它富足了，却还没忘掉炸弹；它安全了，却没忘掉伤亡。"杨清章叹了口气，接着说："水道杨村的自然环境是很难恢复了……"

　　杨水才听杨清章讲了这些，心里悲痛，他说："如果我们坚持植树造林，就一定可以把水道杨村变成以前那种万片林荫的模样。 小车不倒只管推！ 那些过去的伤痛我们不会去踩，但我们一定要将水道杨村过去的伤痛弥补好，这样才能叫水道杨村的老百姓真正过上幸福无忧的生活！"

　　"可是，植树造林也不是那么容易的，我们要做好吃苦作难的思想准备……"杨清章迟疑了一下说。

杨水才目光坚定地说："我们这一辈人多吃点苦，下一辈人就会幸福，后代子孙们会踏着我们的脚印继续奋斗，总有一天会过上他们想要的生活……"

杨清章听了杨水才的话，脑海里都已经想出了水道杨村未来的样子。 那将是万木成林，林中有成片的蘑菇，村里的孩子追着动物跑……

"那我们就干吧，让我们的后代子孙再看一看以前的水道杨村，再看看成片的林木，再看看欢声笑语、在树下乘凉的村民们吧！"

杨水才坚定地点了点头："还有，咱们植树造林要站得高看得远，不能再单单考虑吃穿和花钱，我们努力让水道杨村变成绿色的花园，完成毛主席提出的'绿化祖国'的伟大号召……"

从杨清章家出来后，杨水才回到自己家里，简单吃点东西后，又急匆匆向党支部办公室走去。 此时杨清章已经到了，正和大队队长岳建智商量事情，看到杨水才进来，二人都很恭敬地站了起来。

队长岳建智是部队转业干部，刚刚回到水道杨村时，杨水才看到这个比自己小十二岁的同志有知识有思路，就动员他当村干部。 杨水才没有看错人，当初他眼中的小岳继承了"小车不倒只管推"的精神，在村里一干就是二十九年，带领全村干群治岗修渠，让全村 2000 多亩土地得到整治，又把幸福塘的水引到村西、村东高岗上，让水道杨村走向了富裕之路，还代表河南省农业战线参加了中华人民共和国成立 20 周年国庆观礼，得到毛主席、周总理等党和国家领导人的接见。 当然，这些都是后话了。

杨清章、岳建智等几个人都很赞同杨水才的建议，他们还制定了合理的方案。 于是在1964年秋，杨水才就开始着手育苗。 他从外地买来了优质的树苗，还特意学习了栽种这些树苗的方法。

育苗期间，他把这些小树苗当成自己的孩子照护，一片叶子都没碰掉。

1964年冬天，小树苗全部成活了。 来年春天，它们将会同杨水才他们前几年在苗圃里培植的已经长大的树苗一起被移植，慢慢长成参天大树。

冬天对其他农民来说是个放松的季节，但对杨水才来说，并不是个轻松的季节。

杨水才的一年四季从不轻松。

这天，杨水才刚在队里开了大会。 大会上，杨水才提出了一个方案，一个让水道杨村变得焕然一新的方案。

杨水才说："今年秋天，我们水道杨村购回了优质树种，并且已经成功培育成树苗。 预计明年春天就能初步实现村庄全面绿化。 我想，绿化村庄可分为几个步骤，一年绿化，二年补充，三年调整，四年成林，五年见收益，六年大变样，这是我们绿化村庄的整体规划。 我们的绿化目标就是'站村看岗树成行，站岗看村不露房'！ 今后，我们要打造一个绿色富强的水道杨村！ 所以，从此时此刻开始，我们就要开始进行全面植树造林工作。 这份工作会很艰难，也会有坎坷，但我们只要心存理想，就一定会成功！"

杨水才停了停，歇了歇嗓子说："以后也会由我带领大家开始植树育林的工作，请大家相信我，相信我会给水道杨村一个绿树蓝天！"

　　队员们在底下纷纷鼓掌叫好。 他们不是在追捧杨水才，而是真心认为杨水才有这个能力，也有这个实力让水道杨村重建翠绿村庄。

　　1965 年的春天，水道杨村植树造林处在关键时刻，杨水才已经感觉到自己的肺结核病越发严重。 他经常咳个不停，还会在久蹲之后头昏眼花。

　　但即使这样，杨水才还是没有耽误任何工作，他让弟弟杨水章帮他准备一些大蒜，只要咳嗽得厉害，他就把大蒜含到嘴里，让大蒜的辣味刺激一下嗓子，减少咳嗽。 但他每次都被大蒜辣得忍不住流下眼泪！

　　村民们心疼他，要把他的活分给其他人，但杨水才怕麻烦别人，也不放心让其他人动手，总是一切事情亲自做。

　　如果有人瞒着他帮他干活，他就会帮别人做更多的事。

　　杨水才的工作是规划树木的栽植位置。 任务简单，但工作量大。

　　这天，杨水才在纸上画了村子的地形图，然后再画上树木分布图。 要兼顾周围建筑的影响，不能挡村民的阳光。 终于，他完全解决了问题，吃了口饭之后就急忙提着重重的石灰篮，穿上厚重的衣服，亲自去实地标注树木的栽植位置。

　　他就这样高强度地工作了三天。 早上天不亮就起来了，早饭是干馍，午饭是干馍，晚饭还是干馍。 也不顾中午日头毒，只是埋头专心地画点测算。 夜里凉了他也不管，咬着牙

植树造林

继续干。

紧张繁重的劳动，使杨水才的身体更加虚弱。终于，他的病情加重了。

这一日，杨水才还是早早地起来，他以为不会惊醒母亲，可他想错了，母亲心细，知道杨水才起床的时间。她早早地起来了。她不是为了阻止杨水才去工作，而是单纯为了给杨水才做一口热乎乎的饭菜。

杨水才刚洗了脸，就听见母亲的声音。

杨母手上沾了面，心疼地看着儿子说："吃碗糊糊再走吧，热乎乎的，舒服。"

杨水才看着母亲的满头白发，心痛地说："娘，才四更天呢，您快去睡一会儿，不用管我。"

天色还黑，杨水才为了节省，没点油灯，所以杨母看不清杨水才已经烧得发红的脸颊。

杨母说："儿子，娘看见你干工作这样拼命，真的舍不得啊！"

杨母还想继续说，但她看见杨水才的身体开始左右摇晃。她擦了擦眼，以为是自己的老花眼又犯了。但她此时头脑清醒，根本不可能犯病。她看见黑暗中的杨水才倒下来，他的身体倒在地上，发出"咚"的一声响。杨母吓坏了，腿顿时就打了战。

杨母先摸了摸杨水才，才发现他浑身都已经热得像火炉一般了。杨母又快速点了油灯，然后将杨水才扶上炕，用敷热毛巾的方法给杨水才降温。刚到五更，杨母就到杨水章家，喊醒小儿子，让他去找了村里的医生给杨水才看病。

　　　　　小车不倒只管推

医生来的时候，杨水才的烧还没有退，嘴唇也发白。医生看到这样的杨水才都吓傻了。之前的杨水才不是这样的，不是现在这个虚弱的、似乎下一秒就会永远昏睡过去的样子。

医生是中医，给杨水才扎了银针，又强行喂进去一服药水，杨水才才醒过来。大家以为没事了，可杨水才又开始大口大口吐血。杨母看着那通红的血，心里痛得像是被剜掉了一块肉！

她两只泪眼看着医生问："咋了？他这是咋了？咋会吐这么多的血？"

医生稳住了杨母，慢慢地说："没事的，您不用着急。我刚才行针已经为他打通了经络，这血便是他吐的瘀血。只要这血出来，人也就好得八九不离十了。"

杨母听了医生的话才稳下来，又轻轻拍了拍杨水才的后背说："儿子，感觉好点了吗？"

杨水章也紧张地问："大哥，您感觉怎么样？"

杨水才此时还在故作坚强，"娘、水章，我没事……我真的没事，你们放心……"

杨水才挣扎着想坐起来，被医生一把按下："杨水才同志，您的身体已经很弱了，您真的要好好休息一下！"

杨水才不听，红着脸说："现在村里植树造林正处于关键时候，我还有任务没有完成！"

杨母一看杨水才这个样子就哭红了眼，她一字一句地说："我的傻儿子，我的傻儿子！你为水道杨村做的还不够多吗？水道杨村的百姓都记着你的好呢！你咋就不为自己想想啊！儿子呀，看你成啥样了，娘求求你了，歇歇吧！"

杨水才这一辈子最看不得的有两件事，第一件事是乡亲们吃苦，第二件事就是母亲流泪。如今杨母流着眼泪诉说他的"罪行"，杨水才揪住了心。

杨水才斜坐在床上，一只手拿着毛主席的著作，另一只手心痛地伸出来，试图擦掉母亲脸上的泪水，努力笑着安慰母亲说："娘，这点病不算什么，儿子是当过解放军的人，什么苦都吃过。血，解放前我也吐过，那吐的是苦水！现在，我为党工作，为群众服务，虽说累得吐了血，可心里舒坦！只要我把我的工作坚持下去，只要今年春天我们把这些树种下去，水道杨村就会向前迈一大步！"

杨水才激动地说着，尽管他喉咙已经哑了。

杨母忍住悲伤，对儿子说："你等着，我去给你做一碗面糊糊来。"

医生以为杨母真的只是去做一碗面，但只有杨水才才知道，母亲走的那个瞬间，他看见母亲的眼睛又红了。他知道母亲是躲到一边哭泣去了！

一会儿，杨水章的小女儿跑了进来对杨水才说："大爷、大爷你快起来去劝劝奶奶，她在院子里……"

杨水章怕杨水才听到母亲哭泣更为难受，急忙捂住女儿的小嘴，让她出去找奶奶玩。

杨水才无力地躺在床上，内心对母亲充满了愧疚。

医生长叹一口气，对杨水才说："水才同志，我知道您尽职尽责，为百姓们谋幸福，但您也要保证自己的安全啊，您想您要是有什么事了，那不是水道杨村村民的损失吗，他们到哪儿去寻这样一个好官？"

娘，这点病不算什么

杨水才说："医生，您说的这些我都懂……那我什么时候可以康复呢？"

医生看了一眼杨水章，杨水章也紧张万分地看着他。 他想了想，还是如实对兄弟俩说："既然您母亲不在这里，那我就和你们说实话。 水才同志的肺结核已经很严重了，而且现在也没有别的办法能完全治愈，只能用药来减轻疼痛。"

杨水章差一点哭出声来。 他急忙用手捂住嘴，不让自己的哭泣声被院子里的母亲听到。

杨水才听后，面容依然很平静。 他对医生说："医生，看来我的病是一点治愈的可能都没有了！"

"可以这么说。"

"那就把要用在我身上的药给别人吧！"

医生是水道杨村的村医。 他没有听杨水才的话，相反，还给杨水才用了最好的药，来缓解他的疼痛。

就这样，杨水才在炕上躺了三天。

第四天一早，杨水才早早地睁开眼睛，等待着医生的到来，可医生迟迟没有来。

杨水才刚想问母亲怎么回事，就听见外面传来了熟悉的声音。 他起来一看，才发现是公社党委书记曲永明等几个同志来看他了。

"水才同志，最近怎么样啊？"曲永明问道。

杨水才心里一暖，回答说："挺好的。"

曲永明握住了杨水才干枯的手心痛地说："水才同志，你要好好养病！ 我们给你找了县里最好的医生来为你看病，也找来了最好的药，你一定要好起来！"

没想到杨水才说："曲书记，各位领导，很抱歉，我不能这么做。"

杨水才停了一停，继续说："曲书记，我知道您是为我好。但这么好的医生为什么不让他去治好更多的人呢！ 水道杨村的医生也很优秀，他就可以治好我，我就不需要其他的医生了！"

曲永明说："水才同志，你工作已经做得非常好，不用再这么拼了。 你现在最主要的任务就是把身体养好！ 地区和县里的主要领导都指示公社要尽最大努力治好你的病，还要安排你去县里住院！"

曲永明已经有些生气了，这气不是因为杨水才拒绝他，而是因为杨水才如此不重视自己的身体！

杨水才却不怕，他始终有一股劲，一股冲天的劲。 他看着曲永明，坚定地说："曲书记，各位领导，请代我谢谢地区领导和县里领导，你们的好意我心领了！ 我就这么和你们说吧，我杨水才不怕生老病死，我只怕我的家乡贫穷落后，只怕我的乡亲们有着安全的隐患。 小车不倒只管推，不把家乡建设好，我死不瞑目！"

曲永明等人听到杨水才这么说，心中感动和遗憾并存，只好不再坚持了。 他们离开了杨水才的家，他们都知道杨水才是为了工作不要命的人，自然也真心喜欢这样无私善良的人。

这时，两个人在队伍后面说着悄悄话。 一个人说："我真的不知道杨副书记都成这个样子了，明明前些日子他还是健康的呢。"

另一个人说："你都不知道，杨副书记一工作起来就停不下来，以前他在公社帮其他贫困村忙活的时候啊，早上点灯点得最早，晚上灭灯灭得最晚呢！"

那个人唏嘘着说："杨副书记真是一个令人佩服的好干部，不过为什么好人的命运要这么悲惨呢？"

另一个人也叹了口气说："十几年如一日，换谁都会受不了，他是累的啊！一心为民，不沾公家一分钱，你看，咱们去给他送药他都不要，给他请好医生他也不让……"

那个人似乎突然想起了什么，"既然他不让我们送，那我们就背着他送过去，让他当成自己以前的药吃下去，这不就解决了嘛！"

另一个人想一想，觉得这个办法也不错，于是就讲给曲永明听。曲永明立刻就同意了，笑着说："这真是个好办法！快着手去办！"

两人进到屋子里的时候，杨水才已经疲惫地睡着了，家里只剩下还在煮汤药的杨母。

杨母听着屋里出现了一丝声响，以为是杨水才发出的声音，前去一看，却发现杨水才已经睡着了。她觉得奇怪，再仔细一看，竟发现是刚才那一群人中的两个。

杨母戒备的心放下了。那两个人对杨母小声说："大娘，我们去外面说。"

杨母对这两个人感激得不得了，自然也就听了他们的话。

到了外面，一个人说："大娘，刚才我们来的时候，杨副书记不要我们的东西，但我们是真的心疼他。所以我们想把他平时吃的药都换成我们带来的药，到时候他要是起了疑心，您可要好好掩护过去。"

一席话，幽默又暖心。 杨母慈祥地点点头，答应了下来。

中午，阳光射进窗户里，杨水才正好醒来。

醒来的第一件事就是要吃药，杨母已经在窗台上放了一杯温水。

杨水才一开始没看药，只是像以往一样直接吞下去。 但他这次明显感觉，这药的大小不一样了。 之前他的药是大颗粒，要喝两口水才能完全顺下去，而今天的药是小片的，非常容易吞咽。

杨水才有些疑惑，拿出装药的布口袋来看。

不看不知道，一看才发现他的药被换了。 之前他只吃止痛片来缓解疼痛，而他的"新"药却是实打实的好药。

杨水才觉得这个药品不应该被自己这个治不好病的人独享。 他在炕上躺了一会儿，才想起了水道杨村里的村民杨万顺也有着同样的病。

一想到这里，杨水才就把装着药的布袋子塞进兜里，对母亲说："娘，我出去走走，晒晒太阳。"

杨母看着杨水才手上什么也没拿，想着他不可能再去地里植树，微笑着说："出去晒晒太阳吧，别走远，娘马上就做好饭了。"

杨水才点点头，走出了家门。

杨万顺的家离他家不是很远，一会儿就到了。

"家里有人吗？"杨水才一进院子就喊。

杨万顺卧病在床，听见杨水才的声音立即把门打开，让杨水才进来坐坐，两人没寒暄几句，他就把药递给杨万顺说："这药好用，治你的病。"

杨万顺知道杨水才也生着病，而且病症一样棘手，急忙摆手说："杨书记，我不能要啊！"

"拿着吧！"杨水才平静地说。

最终杨万顺还是收下了杨水才的药，他说："杨书记，您就是咱水道杨村的顶梁柱，您一定要保重身体！"

杨水才在家里老老实实休息了几天，之后便待不住了。病刚有点好转，他就挣扎着下了炕，提起了石灰篮，一步一步挪出家门，在春天的微风中，去规划树坑了。

有村民看见他这样，就劝他拦他，但杨水才总是那句老话："小车不倒只管推，只要还有口气，我就要干革命！"

久而久之，"小车不倒只管推"这句话，就在水道杨村传开了，逐渐成为水道杨村村民的座右铭。

在杨水才这种一不怕苦、二不怕死的精神鼓舞下，全村掀起了植树造林高潮。 村民们不嫌苦也不嫌累，在 1965 年春，植树 5 万多棵。

杨水才的心中不仅想着水道杨，还想着别村的绿化工作。他亲自授课，带着学生们为周边各村培训嫁接技术人员 1300 多名。

这一年，杨水才获得了地区、县里和公社颁发的多个荣誉称号。

1965 年冬天，省教文委主任刘文澍专程到桂村农中进行调研，对学校的发展，给予充分肯定并做了指示。

杨水才根据领导同志的讲话精神和农村的实际需要，决定坚持以农为主、全面发展的方针，根据农村具体需要来调整课程，让学生深入农业生产一线。

　　　　　　　　　　　　　　　小车不倒只管推

给杨万顺送药

自惭筋力难为礼，不及低回奉献酬。 杨水才精彩的 1965 年，艰辛困苦的 1965 年，也是希望的 1965 年。

这一年有过遗憾，但多是无憾。 这一年有过牵绊，但多是美满。 对杨水才来说，这是绿树蓝天的 1965 年，更是生机盎然的 1965 年！

第十章　丹心一片照后人

　　从 1950 年 11 月转业到 1966 年，十几个春夏秋冬，说不尽的日夜更迭。

　　杨水才回到家乡的这十几个年头里，始终都在考虑着水道杨村的发展。他不图名利，兢兢业业，埋头苦干。也就是因为这样，他先后被各级、各部门评为积极分子、劳动模范、先进生产者多达十四次。

　　虽说杨水才获得了很多荣誉，但他从不居功自傲，而且还总是在荣誉面前认真查找自己的差距和不足。

　　他时常说："论革命干劲，我比不上杨清章、岳建智；论有骨气，我不如岳石头；论立场，我不如杨根卿；论腿勤，我比不上杨留章；论宣传，我不如杨清选；论执行政策坚决，我比不上杨秀英……"

　　一个真正的共产党员往往把自己看得很低很低，一个真正的共产党员往往有功成不必在我的宽阔胸怀……

杨水才是一位真正的中国共产党党员！

这样谦逊的杨水才在群众中享有很高的威望，群众把他当成贫民的救星，把他当成理想的标杆。似乎有杨水才的地方就将会变成一片富足的土地。

同时，因为杨水才在进入部队前识字远不及其他同志多，所以杨水才在部队就积极学习文化知识。

回到家乡以后，杨水才并没有忘记在部队养成的爱学习的习惯，他还是像以前一样积极地汲取新知识，并且十分重视理论学习。

杨水才十分尊敬毛主席，他把毛主席说的话当成金科玉律，同时也把学习毛主席的著作当作自己最大的幸福。

后来的杨水才不仅自己学习进步，还带领着百姓一起学习进步。

杨水才不仅学习毛主席的著作，还将毛主席语录抄下来，天天都要看上三五遍。同时，杨水才还用《为人民服务》《纪念白求恩》《愚公移山》等著作对照和检查自己，看自己坚持的有没有错，看自己坚持的是不是对人民群众有利。

1966 年 12 月 4 日，那是全体水道杨村村民永远难以忘怀的一天。

这天是个周日，天还没亮，杨水才就起了床。

他前一段在林县（今天的林州市）学习了半个多月，对那里的环境不是太适应，晚上又睡不着觉，只能一夜又一夜地打磨着自己的工作总结，他认为，林县经验有千条万条，最重要的一条，就是毛泽东思想伟大红旗举得高，回去之后要和大家好好分享学习体会。

认真学习毛主席著作

半个多月的时间，杨水才因为极度缺乏睡眠与饮食的失调，他已经累得精疲力竭。此时，他的身躯已经是一副缺少精气神的疲惫身躯。

杨水才回来之后，先去大队里处理了这些天积压的工作，然后才回到了家里。

他终于在家里舒舒服服地睡了一觉。但起了床他发现自己仍然是头脑发昏，头已经疼得厉害，而且比以往任何一次都要疼得剧烈。但他没有向大队党支部请假，只是用冰凉的井水洗了洗发昏的头脑就开始继续工作了。

那时的杨水才以为自己的脑热发烧和以前是没有区别的，但事实却不是这样。

这天的杨水才在高烧之下开了四个会议。他先后主持召集各生产队学习毛主席著作辅导员、党支部全体委员、村全体党团员及小学教师会议，还做了《愚公移山》的辅导报告，用尽可能响亮的声音说："乡亲们，我这些日子去了林县参观学习，目的是更好地建设村子！林县之前是个小县城，远没有现在发达，但就是因为林县人民的艰苦创业，使得林县发展攀上了一个又一个的高峰。林县几个党员和我说，他们为了发展，甘愿付出自己所有的努力！为此，他们受过伤，甚至昏迷过，但就是没有放弃过！林县的人民群众以愚公精神劈山引水上了太行山，这样的英雄事迹值得水道杨村每一个村民学习！现在，我就以《如何以林县人为榜样，改变水道杨面貌》为题，和大家共同探讨一下我们村今后的发展之路……"

杨水才还在台上激动地讲着，但台下有心思细腻的女孩子看向杨水才，对身旁的伙伴说："你说，杨书记他是不是太累

226

了，你看他脸色那么不好，还不停地冒着虚汗。"

身旁的女孩子回复她说："你是不知道，杨书记为了水道杨村可是没少付出，前一阵子还累吐血了呢，把杨大娘心疼坏了，眼泪就和断了线的珠子一样地流。"

那个女生小声说："我听说啊，杨书记到了林县睡不着觉，就整夜整夜地工作，他心系共产党，也在心中始终坚持着不拿群众一针一线的准则。 就是在这样的情况下，杨书记也不吃林县人民群众的一菜一饭，这几日全凭自己带的干馍度日。"

旁边的女孩震惊了，她问："你说，他这么拼是为了什么呢？"

其实不用别人回答，女孩也懂。 杨水才为的就是整个水道杨村能过上好日子。

两个女孩正在说着话，一个同志突然举起了手，杨水才示意他发言。

那个人发言的时候，杨水才就坐下，时不时地揉揉心口，然后又从口袋里掏出几瓣大蒜放进嘴里面嚼，大蒜的辣味呛得他剧烈地咳嗽几声，他捂住了心口向大家歉意地笑了一下。

杨水章看到杨水才已经烧红的脸，极为担心，小声叫："哥……"

杨水才对他摆摆手，示意他不用担心。

杨水章的眼泪瞬间顺着面颊流了下来，他怕杨水才看到，又急忙用袖子擦干泪水。

刚才还在小声谈论杨水才的一个女孩看见了，急忙站起身来劝道："杨书记，您快回去休息休息吧，身体才是最重要的，您可不能这么挥霍自个儿的身体……"

杨水才咬咬牙说："这都是小事，我都能坚持住，没什么。"

众人看在眼里，疼在心里，杨水才让他们所有人都为之动容。

最后，杨水才还是强忍病痛的折磨，咬着牙坚持着，以非凡的毅力顽强地坚持讲完。

似乎有个瞬间，杨水才感觉五脏六腑都在痛，他的汗一点一点滴下来，慢慢地洇湿了衣服的袖口，可他还在坚持把会开完，把话讲完。

坐在一侧的大队党支部书记杨清章和队长岳建智等人也忍不住流下眼泪，杨水才的坚韧又一次深深地感动激励了大队领导班子成员，大家心想杨书记带病都为乡亲们这么拼命，小车不倒只管推，我们这几个身体健全的人如果干不好工作，怎么能对得起杨书记、对得起水道杨的乡亲们啊！

大会结束是在正午，杨水才终于能有时间去吃上一片药。

他吃过药休息会儿，再醒来便觉得整个人都清朗了，伸了个懒腰，就又没事人一样带领支部委员继续开会，一直到黄昏。

天边一轮红日慢慢地西坠，射出万道霞光，把云染成了万般色彩。

杨水才一个人来到村外，看到路两旁种得十分规整的树，就想起了去年秋冬和今年春天自己去培植树苗，选择栽培地点等事情。他对自己说，总算是没有放弃，只要坚持就会胜利！

　　　　　　　　小车不倒只管推

因为没有放弃，所以才看见了水道杨村这么好的一刻。

此刻，他强烈地想念他在部队的老连长和那位到如今都不知道姓名的老兵。 连长说："杨水才，在战场上拿枪杀敌的是英雄，在百姓生活中为他们服务的也是英雄……"老兵说："名字只是个代号，不知道也罢，知道回家的路就行了，知道今后的路该怎么走就行了！ 离开了部队，我们的心不能变啊！"他们教导他的话语，他永远记在心里，并已经尽自己最大能力做好了！ 也不知他们现在怎么样了，但他知道，他的老连长和老兵一定在祖国的某一个地方默默地为国家、为人民做着贡献。

杨水才边走边思考着，这时迎面跑过来一辆马车，马车上的谷粒一行行地向下落着，车夫竟是毫不知情。

杨水才刚想喊停，就看见马车不远处的后方有个年迈的老婆婆在追赶。

"停一下！ 停一下！"

车夫完全没有听见，还是将马赶得又急又快，杨水才站在边上摸清了情况才过去问婆婆："大娘，我看着您很熟悉，您是邻村的马大娘吗？"

婆婆点头。

"这到底是怎么回事啊？"杨水才问道。

马大娘哭着说："那是我家的粮食，已经和县城的一个粮商谈好了价钱，他要我儿子现在把粮食送到他家里去！"

杨水才听了马大娘的话，想起了马车上那个撒落谷粒的粮袋，说："大娘，为什么你叫他，他却不回头呢？"

杨水才又想起马大娘声嘶力竭的呼喊，几乎要把脸涨红。

"我儿子上过战场，炸弹在他身边轰地炸响，自那以后他的耳朵就坏了。"

杨水才深表同情，毕竟他也曾是一个解放军战士。 他刚想安慰，马大娘再次开了口说："本来装袋的时候我就感觉这个袋子会漏……也怪我……"

杨水才说："大娘，不怕，我看这撒出来的也不算多，咱们就一边说话一边捡起来。"

杨水才笑容和善，马大娘看到这样的杨水才心里也好受了很多。

她说："水才，虽然我们不是一个村，但我早知道你是个好人啊！ 还有，你母亲也是一个好人，是一位值得我们尊敬的母亲……"

杨水才听到马大娘说到自己母亲，对她更有亲近感了，他和马大娘一边走一边说着话，他问老人："大娘，您今年还不到七十岁吧？"

马大娘笑了笑说："再过一年我就七十了！"

杨水才也笑，发自内心地笑。 七十岁，在桂村公社算得上是高龄了。 人到七十古来稀，但眼前这个老人眉眼都是温柔的，身体还很健朗。

杨水才说："大娘，看着真年轻呢，如果不知道您年龄，甚至以为只有五十岁呢！"

马大娘还在弯腰捡着谷子，叹气说："都老了，现在我什么也干不了，还不如只活到五十岁。"

马大娘说得淡然，似乎在她的心里，死亡是一件很小很小的事情，小到可以忽略不计。 杨水才突然感觉自己脑子里的某一个神经被触动了，他问："大娘，死亡很可怕吗？"

马大娘听了这话，眼底依旧是没有一丝波澜，她说："人啊，从出生那天就向死亡无限接近，活一天就离死亡近了一天。活着不容易，死了不愿意。唉，其实一想，哪有人会永远不死呢！似乎生生死死也没有那么重要。就像我，如果1949年中国没有解放，我可能在那年的11月份就饿死了。但是中国解放了，我也吃上饭了，就这么过下来了。说实在的，没什么可怕不可怕的，关键要看死得值不值。就像我，死了就是死了，我一个老太婆什么也干不了，一天到晚只会吃喝拉撒，死了对我的家人是种解脱。但如果是你，就会让人很伤心……因为你是水道杨村的顶梁柱啊……"婆婆说得诚诚恳恳，眼神飘向远处光秃秃的田地，"死亡是一件很神圣却又很令人难受的事情……"

杨水才说："其实世间的人都是一样的，没有谁比谁更高贵。人死了都是一副骨头架子，肉体都会腐烂，再招来蝇虫叮咬。人一旦死亡，就说明他在这世间的责任尽到了……尽够了……"接着又说："人，生活在大地上，从泥土里来，到泥土里去，挺好的，挺好的……"

马大娘似乎没有明白杨水才的意思，她看了看夕阳，指着说："你看啊，我就好比那夕阳，在那儿忽闪忽闪的，说不准什么时候就落下去了。而你呢，就像那高悬的烈日，浑身上下都是劲呢！"

杨水才一笑，"大娘，太阳都快下山了，我们要快些捡了。"

马大娘也憨厚一笑说："好好好，我们快些捡。"

当两人顺着小路捡完最后一点谷粒时，马大娘的儿子也回来了。

马大娘的儿子扶住她，对杨水才说："谢谢您！"

他的声音很大，马大娘急忙解释说："他说话时听不见自己的声音，所以经常说话很大声。"

杨水才急忙安慰马大娘说："没事的，我很喜欢。"

他们没说几句话就分开了。 杨水才转身向自己家的方向走去，走到门口，又准备折回办公室，想了想，最终还是走进家里。

人在死前是有预知的。

但杨水才不知道，他在今天早上第一次睁开眼睛的时刻，尚且不知道自己命不久矣。 他上午开会很痛苦，五脏六腑都在扭曲着、叫嚣着，可到了正午，他见到了明媚的阳光，一下子就不疼了。 傍晚他帮马大娘捡谷粒，无意中和马大娘聊到了生死的问题。 马大娘年纪大了，自然也对死亡看得开。 而杨水才先前还似乎有点怕死亡，他还有一些事情没有完成，怕自己一旦死亡，整个水道杨村都会变个样子。

但当马大娘说完之后，他恍然大悟了，人都会死，他的责任尽到了，就到了要离去的时刻。 再说水道杨的接班人岳建智等人都非常优秀，一任接着一任干，他相信岳建智等人会干得非常好。 想到此，他的身体就不痛了，全身又恢复了以往的冲劲儿，他并不知道这是什么征兆。

其实，命运的浪花一刻也不曾真正止息过，唯有离去之时，方可安静无声。 人生百年也不过是一缕轻烟，说散就散，说去就去，能留住的，只有内心的风景。

小车不倒只管推

他走在回家的路上，一直犹豫着今晚回不回家，毕竟，他还有一份报告没有写完。如果回家，第二天早上他又要起早，母亲还要张罗着给他做饭，母亲年纪大了，恐怕对做饭这样的事情力不从心了。如果不回家，那他似乎又少了一次看望母亲的机会。

他犹豫再三，最后还是决定先回家，然后再回办公室写完那份报告。不知为何，现在他非常舍不得自己的母亲，他惦记着看母亲一眼。

回到了家，他看到母亲仍然在灶台前忙碌。

杨水才看着操劳的母亲，突然感觉很心酸。他自己忙，脑袋里有着无数的任务要做，他的母亲就这样惯着他，一切都顺着他的心意来做。

杨母虽然不识字，但口才很好，先前还是村里表演团的一员，如今为了照顾他把自己的一切爱好全部放弃了，整日就待在那个又小又窄的灶房里，闻着烟味，为儿子准备每一道饭菜。

杨水才想着想着就湿了眼眶，他抹了一把眼泪，对正在忙碌的母亲说："娘，您别忙了，陪我说说话吧！"

杨母正在熬汤，听见儿子这么说，就走了过去。

"怎么了？有什么话想对我说？"

杨母用抹布擦了擦手，看着杨水才的脸色明显变好了，她说："看来还是熬汤有用，你看你的脸色都没有那么差了，以后娘天天给你熬着喝！"

杨水才笑了一下说："娘的手艺好，做什么我都吃得香！"

杨母嘴里说着杨水才油嘴滑舌，可脸上还是高兴得不行。

这时，杨水才突然说："娘，我昨天夜里做梦了……"

杨母问："梦见什么了？"

杨水才说："我梦见找到了两个妹妹，她们穿着城里女孩穿的衣服，头上戴着帽檐很大的帽子，我问她们去哪儿了，大妹妹说她们恰巧被送去国外了，两人相互扶持过得也很滋润，还说要回来看您！"

杨水才说着说着，杨母的眼睛里就注满了泪水，她一定是难过了，如果当初保护好两个女儿，她现在也算是没有遗憾了。

杨水才看见母亲哭了，急忙说："娘，你别难过，我能梦到那就说明她们一定过得很好……"

杨母不哭了，"对，我的女儿们过得一定好着呢！"

杨水才欣慰一笑，其实他说的都是假的。他从来没有梦到过妹妹们，他不敢梦。就算梦到了也都是妹妹们哀痛的脸，她们向他诉苦，向他说难，但杨水才只能听着，只能袖手旁观。

他只是想让母亲遗憾少一点，这样会让母亲少一点牵挂，也是好事。母亲一说到妹妹们就会流泪，谁见了都会心酸。只是杨水才不知道的是，他安慰母亲的善意谎言，在 1969 年的一天变成了现实，正可谓善因结善果，冥冥之中自有注定。杨水才英名远播后，陕西省委派人前来学习，岳建智就把此事告诉了对方，不久就传来消息，他的两个妹妹在陕西省委的帮助下真的找到了，她们真的回来看望母亲了。只可惜杨水才已经看不到了，但他在另一个世界应该可以瞑目了！弟弟杨水章生了四子三女，了结了杨母抱孙子孙女的美好心愿！

这世间有一种人，时光亦对其敬重。杨母如金似玉，心地端正善良。她的一生，虽饱受沧桑劫数，却永远那样平静淡然，全心全意帮助儿子、照顾儿子，老人九十多岁时说自己除了有一点想念大儿子，此生已经没有遗憾，最后，她在所有儿孙的围绕下含笑九泉……

　　"娘，您再唱一遍我小时候缠着您哼的歌儿吧……我想听了。"

　　杨母擦擦眼泪，回忆似的说了起来："你小时候啊，可真是淘气。每晚上都要我唱着歌儿哄你睡，要不然就整夜整夜地折腾，把我和你爹讨厌的哟……那时的你也聪明，知道把我和你爹惹生气了，白日里就给我们捶捶肩膀逗我们开心。我们一开心呢，晚上的事就当没发生过了！"

　　杨水才听了也笑，他努力回想自己以前的模样，却始终都想不清楚了，只记得自己当时小小的，出去就让母亲抱。杨水才不再回忆了，他说："娘，您快给我唱歌儿吧。"杨水才把被子拿出来，整齐地铺好，然后躺在里面说："娘，我都躺好了，您快唱吧……"

　　杨母看着杨水才这副模样，没忍住笑了出来："好，娘唱，娘唱歌给你听……"

　　杨母唱了一首歌，杨水才听着鼻头发酸，当他正要忍不住落泪时，杨母吹熄了油灯，细声细语地说："能睡着就好，能睡着就好，好好休息一下吧！我的儿子太需要休息了……"

　　杨母以为杨水才已经睡熟了，但杨水才并没有。

　　杨水才在母亲走后的半刻钟之后又点燃了油灯，然后穿好衣服回到了他那间用茅草搭成的小办公室。

已经到了夜里 12 点多钟，他再次感觉到疼痛已经离他很近很近，但他仍旧坚持着工作，轻轻地点亮煤油灯，拿出《毛泽东选集》和几张稿纸，又投入到学习和水道杨村下一步的工作规划之中。

那天的杨水才是最开心的，因为他在抄录着《毛泽东选集》，整个头脑都是轻快的，但渐渐地杨水才就感觉不对劲了。他的头开始发晕，身体也开始没意识地发冷，整个人昏昏沉沉的，再也没有傍晚的活力了。

同时，他的五脏六腑似乎都积了水，变得沉重不已。他努力又小声地咳，想让自己舒服点，又不想把附近的人吵醒，拿出一瓣大蒜准备咀嚼，刚一张嘴，喉咙里就迸出了大量的鲜血。

鲜血染红了杨水才抄写的《毛泽东选集》，他用自己的最后一点力气，将《毛泽东选集》上的血迹擦干净，然后慢慢地趴在了桌子上。

这一刻的杨水才，真正地感受到了放松，也正像那个马大娘说的一样，死一点都不可怕，而是一种解脱。

杨水才感觉自己的肉体在抽离，手脚慢慢地变冷了，头脑也越来越不清醒。他感受到呼吸越来越困难，像是有凶猛的野兽扼住了自己的脖颈，不让自己呼吸一样。

终于，那个凶猛野兽掐断了他的脖子，他的呼吸停止了。

杨水才走的那一刻在想什么呢？他想的是，以后水道杨村会越来越好吗？以后村民会越来越富裕吗？杨万顺的肺结核应该不会给他带来什么痛苦了吧？母亲醒来看见自己走了怎么办？杨清章忘了宣布公社的决定怎么办？岳建智能不能

　　　　　　　　　　　　小车不倒只管推

担负起繁荣水道杨村的大任？街边的树木活不成了怎么办？弟弟已经有了几个孩子，被那几个淘气的孩子气着怎么办？母亲白发人送黑发人怎么办……

杨水才把能考虑的都考虑了个遍，唯一没有考虑的是，自己这么年轻，才刚刚四十二岁，就这么死了怎么办？

杨水才直到临死的那一刻都没想到自己。

1966 年 12 月 5 日凌晨，杨水才离开了人世，这天的水道杨十分寒冷。

早上六七点钟，村里的人陆续都起来了。

街边一位七十多岁的老伯岳石头和妻子岳大娘说着话："现在几点了？"

"得有七点了吧，你看这日头都上来了。"

岳石头洗着脸说："不对啊，之前水才到了这个时候早就出来了，今天怎么还没看见他？"

岳大娘不以为意地说："可能就是起晚了，不知道会有什么事，你能确定自己天天在同一个时间起来吗？"

岳石头摇摇头说："水才哪是能让自己起晚的人啊，肯定不是这样。"

说完岳石头拿起了衣服说："我怎么总感觉不对，不行，我得出去看看。"

岳大娘拦不住丈夫，看着他在大早上就往外走，嘱咐了一句："把衣服穿好！"

岳石头摆摆手，意思是"没事"。

岳大娘进了屋，自言自语地说："今天水才确实是起得晚了……这都日上三竿了……难不成真出什么事了？"

岳石头在外面走，迎面就遇见了一同来看望杨水才的队长岳建智，岳石头问："岳队长，你也来看水才吗？"

岳建智把手缩进衣服袖子里说："对啊，我今天五点就起了，却始终没看见杨书记，总感觉有点不对，就想着出来看一看。"

岳石头说："我想着就是他太累了，多休息休息也是好的，但我家早饭都吃过了，还不见水才的踪影，我就想着可能是出事了。"

岳建智急忙说："呸呸呸，杨书记那么大个人能出什么事！你可别瞎说！"

两人一边风风火火地走着，一边争论着，到了杨家却发现杨母早就起来了。

岳石头问："婶子，水才还没起吗？"

杨母很吃惊，说："这个时候他早起了啊，你们没在大队办公室看见他吗？"

两人这么一说才知道事情不对，杨母立即说："怪我了，昨晚他状态就不对，一直叫我给他唱歌儿听，还和我说了他两个妹妹的事，我看他脸色好，我的心情就好，也没去细想这些……"

岳建智立即打断她说："奶奶，您别着急，您快带我们找找杨书记在哪儿吧！"

杨母一听岳建智这话才回过神来，她立刻带着两人走进了杨水才卧室，发现床上没人，三个人急忙转身向杨水才的那间茅草办公室跑去。

推开屋门的那一刻，三人都呆愣在原地。岳建智眼泪瞬间哗哗地流下来，岳石头也是忍不住鼻头发酸，杨母却一下子晕倒了！

两个人急忙掐住杨母的人中，好大一会儿，杨母才缓过劲来，随即来到杨水才遗体旁边失声痛哭……

冬天的夜，寒冷刺骨，但杨水才屋里的灯却亮了整整一夜……

三人看见杨水才趴在桌子上，桌上的油灯依然亮着，毛主席著作平展着，稿纸上"学习毛主席著作，进一步建设水道杨的计划"两行大字清晰可见，上面却吐满了鲜血！

杨水才曾说过："我是贫农，我是共产党员，不能忘本。我决心牢记着阶级人民的苦，抱着感激党、感激毛主席的态度来学习毛主席著作。一个人，他要是不学习毛主席著作，就等于失掉灵魂。干活走路能休息，学习毛主席著作不能休息，你一休息，思想就要滑坡，你一休息，落后的思想就要往脑子里钻，学习毛主席著作，要自觉学，坚持学，反复学，为革命永远学。"

杨水才就是这样爱党、爱国家、爱人民群众，才会在死前都在看《毛泽东选集》！

他还穿着破旧的拖鞋，身上穿着几年前的衣服。

岳石头看着杨水才这身衣服，突然想起六年前的一天……

那是 1960 年，杨水才到郑州参加省学习毛主席著作积极分子表彰大会，岳石头看见了他穿的衣服，就忍不住劝说："水才啊，不是我说你，你说你这次好歹是要到省里开会了，你能不能把你这顶戴了七八年的帽子换一换，把你这件披了五六年的外套补一补？"

杨水才听着笑了，"我这帽子好好的，衣服虽然破了洞，但也是好好的衣服，根本没有必要换。你看人家焦裕禄还是县委书记呢，可他的衣服穿了补、补了穿，咱就不能这样吗？"

那时的杨水才话是这么说，可他针对的人却永远只有自己。

他是把群众放在心尖尖上的，时时刻刻都在想着群众的利益。

见着谁家孩子衣服破了，马上用自己的钱去买几尺布送上门去。全村十几个困难户和五保户，他都一清二楚，了如指掌，把母亲每年给他缝制的新衣服都送给了这些困难群众。谁家的房屋漏了，他就主动去帮助修补；见谁家缺吃少穿，他就去帮助解决。

村里有两个有名的碎嘴妇人，也多次赞叹杨水才说："杨水才可真是叫人一点都挑不出毛病，你看自己能简就简，从来也不穿金戴银，有点积蓄全部给了村里了，就在上周，我们家的房屋漏了，他还帮忙来修了呢，修完之后我们留他吃饭，可他想都没想就拒绝了。那天还下着大雨，但他就是执意要走！他家和我家隔得远，那雨下得又大，估计他到家后从头到脚都要湿透了！"

另一个赶忙接话说："可不是嘛，上次我家孩子衣服坏了，我正愁没有布料补的时候，杨水才就来了，手里还拿着一块布料子！"

"杨水才啊，真是咱们贫下中农的贴心人啊！"

然而，就在此时，这个贫下中农的贴心人就这样离开了水道杨村，离开了人世间。

水道杨村人民群众的好儿子杨水才同志披着那件破旧不堪的破棉袄，嘴角挂着已经干涸了的血迹，伏在桌上溘然长逝了。

杨母哭得像个泪人，她跪坐在杨水才的腿边说："你这么疼，这么难受，那你为什么不告诉娘呢，你为什么不和娘说呢？ 娘就算救不了你，娘给你做点好吃的，给你穿上娘新做的衣服也好啊，你看你走得这么突然，你叫我怎么活啊！"

岳石头扶起杨母说："婶子，您也别太伤心了，我看水才就是为了不让您伤心才会选择不告诉您的。 如今您哭成这样，水才在上边看见了也不好受啊，对不对？ 水才他心思细，您别让他在上边过得也累，他走了咱们是伤心，但对他来说何尝不是种解脱呢？ 他太累了、太累了……"

岳建智接着话说："就是啊，奶奶，我天天都能看见杨书记。 他弓着腰，是真的累啊！ 这么多年，他没给自己放过一天的假啊。 如今他走了，咱们都接受不了，但咱们想一下，他是不是真正地解脱了呢？ 所以说奶奶，别这么伤心了，您有这样一个令人骄傲的儿子……"

杨母哭着，她捶着自己胸口说："我只想让我的儿子好好活着，不需要他为我赢得多大的荣耀，不需要他令我骄傲……"

杨母的哭声似乎飘了很远，很远……

杨水才去世的消息没有守住多大会儿，很快，人们就看到岳建智等大队领导神色黯然而抑郁，细细追问才知道是杨水才在今天凌晨已经去世了。

"你听说了吗？杨书记就在刚刚走了。"

"啊？水才不是刚开会回来吗，他这次又去哪儿了？"

"哎呀，不是那个'走'，是水才去世了……"

"你听谁说的？这话可不能瞎说！"

"队长他们刚从水才办公室出来，我就是问的队长呢……"

"那看来是真的，这么好个人，怎么就走了呢？"

杨水才的去世对水道杨村来说是个巨大的噩耗！

消息传出来之后，水道杨的老少爷们儿、公社干部、桂村农中的师生、邻村的群众接连不断地拥向水才生前办公的茅草小屋。

最先忍不住的是一个七十三岁的老人。

老人姓臧，大家都叫他老臧。杨水才生前让他的老伴有钱治病，让他的小孙子有学可上，让他的儿子有活可干。杨水才对老臧一家都有过帮助，杨水才是他们一家的恩人！

老臧看着眼前的杨水才，忍不住老泪横流，他紧紧地抱着杨水才用力摇晃着，泣不成声地呼喊着："水才啊！你醒醒啊！我还没来得及感谢你呢！你对我们家的恩德我们还没来得及报答呢！水才呀！水才，你醒醒呀！你是咱们水道杨村的顶梁柱啊！咱水道杨离不开你呀！"

老臧哭得差点背过了气，他说："水才娘，水才走得急，还没有棺材，我那儿有一个刚打好的棺材！你去拿给水才用！我不能让他走得这么寒酸！"

杨母流泪，百般拒绝，"这不行啊，农村人有风俗，自己的棺材不能借给他人，借给他人，对自己不好，咱们不能破了规矩！"

奈何老臧决心已定："我不管规矩，也不在乎对我好不好，让水才尽快入土为安才好！"

农中的师生们失声痛哭，"老校长，从去年学校搬迁了你就一直不要命了一样地拔草，我们劝你歇歇你还要继续干，老校长，你硬是累死的呀……"

杨水才给送过药的杨万顺也哭着说："杨书记啊，我真是对不住您啊！我竟然收下了您救命的药啊！您为什么要把药给我啊！您不知道您把药给了我，您自己就是死路一条吗？水道杨村需要您，水道杨村的百姓也需要您，我们都不想让您死啊！我们都希望您能活着啊！"

乡亲们也都止不住流下伤心的泪水。

杨水章脸上泪水横流，强忍着不让自己哭出声音，因为他要时时刻刻守着母亲，他怕母亲承受不住这个打击再次晕倒，但他的大儿子杨俊杰哭着喊了一句话："大爷，您不能死啊！我还要天天给您送饭呢！"又让在场的所有人都高声痛哭起来。

这时队长岳建智擦了一下眼泪，站了出来，"大家听我说！"

乡亲们安静了，看着那个眼睛红红的队长，岳建智说："我们水道杨村里的顶梁柱，我们水道杨村民的主心骨，我们的杨水才同志，在生命的最后一刻还在惦记着我们的村子，还在惦记着我们水道杨全体村民的利益！杨水才是真正的战士！是我们水道杨村真正的勇士！现在，就让我们为杨水才同志默哀三分钟！"

水道杨村的村民明白了，他们的好领导杨水才直到生命的最后一刻，还在描绘改天换地的蓝图，规划水道杨美好的未来。他用自己的全部心血和生命，谱写了一曲为革命鞠躬尽瘁、为人民死而后已的壮歌！

这样的人值得被默哀，这样的人应该被默哀！

在那漫长又短暂的三分钟里，有人从眼里滑出了泪水，有人从心间飞出了自己的祝福。

此刻，岳建智回忆起杨水才短短而又伟大的一生。1925年6月29日，杨水才出生在一个贫穷的家庭。1930年，跟随母亲逃荒要饭，受尽了折磨。1937年，杨水才辍了学，去给地主当童工。1944年，到郢庄给地主扛长工，又被抓了壮丁。1949年1月，光荣参加中国人民解放军。1950年，他响应党的号召，复员回到水道杨，开始为家乡的发展做贡献。1952年，正式担任村农会武装委员。1953年，在水道杨领导建立第一个互助组。1955年，任高级社副社长。1956年1月31日，光荣地加入中国共产党。1957年，任红旗四社副社长，同年，兼任水道杨大队第一生产队队长，带领水道杨群众抗旱种麦，创造了"群井归一、五龙上岗"的经验；同年，带领水道杨群众在东西两岗上打井，并获得明显成效。1958年，带领水道杨群众在村东西两边挖蓄水塘。1960年，任桂村管理区副主任。1961年，兼任水道杨小学校长，为水道杨村的孩子创造了学习的条件。1962年，任水道杨大队党支部副书记；同年，开始建立苗圃，为绿化做准备。1963年，联合七个村子创办一所新型学校桂村农中，并出任校长一职；同年，写下了《治安专题笔记》，创作了一个剧本《一斗谷》；同年冬，参加县"五老"报告团巡回报告，取得成效。 1964年春节，带领水道杨群众开挖幸福塘，切实地让村民过上了好日子；同年，提出建设社会主义水道杨的五条建议，更好地建设了水道杨村。 1965年，带领水道杨群众植树造林，绿化村庄和东西两岗，为水道杨村营造了绿色发展的创新理念；同年，被评为许昌县林业劳动模范、许昌地区林业劳动模范。 1966年12月5日凌晨，杨水才结束了他光辉而坎坷的一生。

岳建智心中说道："您用自己的实际行动，实践了您'为革命而生，为人民而死，做比泰山还要重的人！'和'誓为共产主义奋斗终身'的铮铮誓言啊！"随即，他在心中暗暗发誓："杨书记，您是我的榜样，我这一辈子都不会离开水道杨，小车不倒只管推……"

当天下午，水道杨村党支部和广大群众为杨水才举行了隆重的追悼会。 桂村公社28个大队和附近大队的群众、农中全体师生和水道杨的男女老少一万多人自发赶来为杨水才送行。

他们穿着白衣，眼里含着热泪。 寒风呼呼地吹着，落叶在空中漫天飞舞，它们似乎飘向冥冥世界，归于沉寂。 大自然春去春又回，枝头的树叶绿了黄、黄了落，轮转不息。 唯有归于尘土去滋养新的生命，才能延续和超越，从而达到永恒。

当桂村公社书记曲永明问杨母把杨水才葬在哪里合适，深明大义的老母亲强忍悲痛说："党让埋在哪里就埋在哪里！"

大家怀着无比悲痛的心情，把杨水才同志安葬在他生前为之奋斗的"幸福塘"东侧的苍松翠柏之中，并恭恭敬敬地为他立了一块碑，上书"杨水才同志之墓"。

人们许久都没有离去，大家都静静地肃立着，表达着心中的哀思。

死是人生的最终解脱，也是盖棺论定的时候。杨水才最敬佩的毛主席说过："人固有一死，或重于泰山，或轻于鸿毛，为人民利益而死，就比泰山还重。"

看到这么多群众来给杨水才送行，桂村公社书记曲永明感慨良多：杨水才短短的一生，犹如一颗流星在天空中划出了光亮，全心全意为老百姓服务，这就是他生命的价值。有的人活着，在群众的心目中已经死了；有的人死了，却永远活在群众的心中。

杨水才死在了这个冬天，杨水才也彻底活在了这个冬天！

站着成为一种境界，躺下同样具有高度；活着是一面旗帜，躺下是一座丰碑！杨水才逝世后，水道杨村民们自发开展了学习"水才精神"活动。1969 年 5 月、6 月份，许昌县、许昌地区、河南省先后发出了学习杨水才的决定，他的光辉事迹在国内外为人们传颂，全国各省、自治区、直辖市，都曾先后派数量不等的参观团来杨水才展览馆参观学习，历史永远记住了这位平凡之人的伟大事迹！

…………

1969 年 5 月 2 日，杨母和孙女收拾杨水才的旧物，杨水才在世的时候，杨母是不用给杨水才收拾东西的。杨水才走后，杨母不敢收拾杨水才的东西，怕触景伤情。先前村里建纪念馆，需要杨水才一些遗物，也是杨水章和岳建智帮着收拾的，现在时间虽然过去两年多了，杨母并没有因岁月的流逝而停止对儿子的想念，相反，她是越来越想念儿子，只好找一点

　　　　　　　　　　　　小车不倒只管推

1969 年 7 月 13 日，《人民日报》头版头条发表杨水才同志事迹的长篇通讯

杨水才的遗物来念念旧。

　　谁知道，杨母才打开第一个箱子，就在箱子后面的缝里看见了里面的立功证书，这些证书大的小的塞满了墙缝！ 当小孙女告诉奶奶这是大爷的立功证书时，杨母心口一痛，眼泪不由自主流出来，她摸着这些证书心想："这才是杨水才真正的荣耀，我儿子是真正的上战场杀敌的勇士！ 他是人民的功臣，他是国家的军人！"

　　…………

　　1969 年 7 月 13 日，《人民日报》头版头条发表了《一不怕苦、二不怕死的共产主义战士——记共产党员杨水才同志的光辉事迹》的长篇通讯。

　　…………

　　7 月 14 日夜晚，公社和大队领导过来给杨母念《人民日报》头版头条发表的这篇关于杨水才的长篇通讯，杨母手里一直紧紧地握着几页旧纸——儿子在部队时的立功证书，这些证书，她已经发现两个多月了，每当想念儿子的时候，她就会拿出来看上一看，握在手中，犹如儿子笑眯眯地站在旁边！ 前一段有几个自称是记者的同志来采访她，发现她手里的证书时大吃一惊，想把这几张证书带走，她没有给他们，因为这是儿子用生命换来的，儿子既然不说，自有他的道理，作为母亲她就要替儿子保守秘密。

　　杨母默默听完，当听到报纸上已经写了儿子获得"人民功臣"的称号后，她知道这个秘密保不住了，长叹一口气说："这个给你们吧！"

　　岳建智接过来，把立功证书一份份展开，大家虽然已经在

《人民日报》的长篇通讯里看到了杨水才在部队立功的消息，但看到这些立功证书时，还是都被深深震撼了。"事了拂衣去，深藏身与名。"杨水才在部队得了这么多荣誉，回乡后居然只字不提！ 杨水才用自己的方式抵达了一种独有的精神海拔，他高贵的灵魂之光照亮了人们脚下的路，净化了人们的心灵。 大家又一次被杨水才这种不图任何名利一心只为群众的高尚情怀打动了，都流下了感动的泪水……

人生自古谁无死？ 留取丹心照汗青！ 杨水才为国家为人民献出了宝贵的生命，他用自己的生命践行了一名共产党员的铮铮誓言，用自己的一腔热血照亮了后人之路！ 岁月长河，历史足迹不容磨灭；时代变迁，英雄精神熠熠闪光。 50 多年来，他"小车不倒只管推"的"杨水才精神"已经融入许昌干部群众的血液之中，成为许昌党员干部艰苦奋斗、执政为民、求真务实、开拓进取、推动许昌发展的强大精神动力。 2019 年 9 月 20 日，许昌市领导干部会议召开，传达学习习近平总书记视察河南重要讲话、在黄河流域生态保护和高质量发展座谈会上重要讲话和全省领导干部会议精神。 会上，市委书记胡五岳同志要求，要扛稳责任担当，高质量组织开展"不忘初心、牢记使命"主题教育，传承红色基因，利用好杨水才纪念馆等红色教育基地，崇尚英雄，缅怀先烈，大力培树党员干部等身边典型，让党员干部感悟初心的赤诚滚烫、使命的千钧重量，从而坚定信心、埋头苦干、奋勇争先，加快建设"智造之都、宜居之城"，奋力开创许昌高质量发展新局面……50 多年来，水道杨村的"领头人"也已经换了几任，但他们为群众谋利益的初心没有变。 帮助群众致富的使命没有变，无私奉献的"小车不倒只管推"的精神没有变,"挥泪继承壮士志,誓将遗愿化宏图。"他们接过杨水才的"小车"砥砺前行,锐意创新,如今的水道杨村已经成为远近闻名的小康村、文明村,杨水才的夙愿已经变成现实。

习总书记说,"不忘初心,方得始终,中国共产党人的初心和使命,就是为中国人民谋幸福,为中华民族谋复兴"。 新时代要有新作为,新时代要有新担当,杨水才的"小车不倒只管推"精神穿越时空,历久弥新,永远不会过时,永远值得学习,永远值得歌颂。 实现中华民族伟大复兴,需要每名共产党员发扬"小车不倒只管推"的精神,车轮滚滚,勇往直前,才能创造一个又一个传奇,续写一个又一个辉煌……

后　记

　　牢记初心使命，礼赞英雄人物。人生是一场领悟。美好，往往会在不经意间来临。比如刚刚创作完成的这部小说《小车不倒只管推》，它其实并不在我今年的创作计划中，但它还是带着生命里的一份美好，在我静静笔耕的日子里，悄悄地来到我身边！这一切要从今年7月1日说起，那天，我带领市文联全体同志到杨水才纪念馆开展主题党日活动。当看到纪念馆内一张张发黄的老照片，听到一个个感人的故事时，我被杨水才同志朴实平凡而又波澜壮阔的一生深深感动了……此刻，省委书记王国生同志在河南省第八次文代会上讲述词作者深入生活创作《小白杨》的感人故事又在脑海中浮现。歌唱祖国、礼赞英雄，让英雄在文艺作品中得到传扬、得到重生是文艺创作的永恒主题，让忠诚无私的精神在字里行间薪火相传，更是我们文艺工作者的初心和使命。于是我就暗下决心，一定要深入水道杨村把杨水才的传奇故事写出来，以文艺的方式呈现给更多的人，向社会传递正能量，用文艺的力量温暖人、鼓舞人、启迪人。 经过无数个不眠的夜晚，我创作出了《小车不倒只管推》的初稿。

弘扬英雄精神，传承红色基因。"不忘初心、牢记使命"主题教育开展以后，中共许昌市委把杨水才纪念馆作为主题教育学习基地，弘扬杨水才精神，传承红色文化和红色精神，这是贯彻习近平总书记视察河南时提出的"牢记红色政权是从哪里来的"重要讲话精神的具体行动，也是深入开展"不忘初心、牢记使命"主题教育工作的具体举措。 如何深挖红色资源，让红色精神焕发强大活力，成为我多个不眠之夜反复思考的课题。 我静下心来查阅了大量文献，特别是建安区（原许昌县）地方志、许昌文史资料，杨水才"一不怕苦、二不怕死"的无私奉献精神，多次让我泪飞如雨。"小车不倒只管推，只要还有一口气，就要干革命"的气魄让我激情澎湃。为了还原当年真实的情景，我又抽出时间多次奔赴水道杨村，走访了解当地民间风情，与那些素不相识的老乡交朋友，通过他们，我又搜集到一些有关杨水才生前干事创业的宝贵资料，在河南省委第七巡回指导组组长郑伯杨同志的指导下对已经写好的初稿进行了完善。 我想通过创作《小车不倒只管推》这部小说，重塑有血有肉有温度的杨水才形象，让这座精神丰碑借文学之笔穿越时空，再次回到人们的视野，让人们永远不忘"幸福塘"和"下井捞核桃"的故事，永远记住"植树造林"和"桂村农中"等生动感人的故事，让更多的党员干部在深切感触杨水才同志"小车不倒只管推"的奉献精神中，更加奋发有为，开拓进取！ 同时也想用这一部观照人民生活、命运、情感，表达人民心愿、心情、心声的作品把许昌人民群众的精神品质展现出来，回报这片我深爱的大地和善良的人们。

实干铸就辉煌，奉献凝聚力量。在许昌工作这几年，我时常被这座城市的历史和现在、文化和精神感动着。它以全省第 13 位的土地面积和第 12 位的人口，创造了全省第 4 位的经济总量，已经成为河南省重要的工业城市，工业竞争力居全省第 3 位。它先后荣获全国文明城市、国家生态园林城市、国家水生态文明城市等一系列荣誉称号；2018 年，城市居民的宜居度、幸福感、获得感以及对生态环境的满意度均位居全省第 1 位……这些辉煌成绩的取得，是许昌 498 万人民群众努力拼搏的结果，也凝聚着各级领导干部的心血和汗水。苍天不负，情系人民，在许昌的广大干部中，有为工作三过家门而不入的，有抱病在身而坚守岗位的，有舍小家为大家无私奉献的，有一身正气为老百姓交口称赞的……不忘初心，牢记使命，为了人民的福祉，许昌的广大干部都在传承发扬着"小车不倒只管推"的奉献精神。冥冥之中，这片中原沃土主流精神的生生不息，核心价值的延绵不断，文化品质的血脉相连，杨水才同志在九泉之下，也会感到欣慰。

滴水不成大海，独木难成森林。一个人的力量终究有限，每一部作品都凝聚了众人的心血和汗水。在此，衷心感谢中共许昌市委书记胡五岳，许昌市人民政府市长史根治，河南省委第七巡回指导组组长郑伯杨，河南省文联党组书记王守国，河南省文联主席邵丽，许昌市政协主席刘保新，许昌市委常委、市纪委书记方婷，许昌市委常委、组织部长丁同民等领导对我的支持和指导，你们的支持和指导给予了我无限的动力和坚定的信心。更令我和全市文艺工作者深受鼓舞的是，胡五岳书记和史根治市长高度重视文艺工作，解决了市文联和十个文艺家协会的办公地点，让全市文艺工作者有了一个阵地，有了一个"家"。又在人员编制极为紧张的情况下，支持我们成立许昌市文学和书画院，这在许昌文艺事业发展史上具有划时代的意义，为许昌文艺事业迈上一个崭新台阶打下了坚实基础；真诚感谢许昌市委常委、常务副市长赵文峰在百忙之中修改小说，提出诸多修改意见，让这部小说避免了一些常识性错误，提升了书的品质；极为感谢许昌市委常委、统战部部长王文杰，许昌市人民政府副市长赵淑红对我的关心，给予了我创作的灵感；非常感谢著名学者王立群、著名作家柳建伟为我撰写序言，著名书法家张继为我题写书名，你们的鼓励给了我无穷的力量，激励着我在今后的创作道路上稳步前行；真心感谢河南文艺出版社各位领导和编辑，时间紧、任务重，大家加班加点，保质保量地完成编印工作，充分展示了出版社领导和同志们的匠心精神；十分感谢市纪委监委、市文联的同事们对我的帮助，这让我的心中充满了感恩的能量；特别感谢建安区委、区政府主要领导安排人给我提供了相关素材，为写好这部小说打好了基础；格外感谢韩晓民、岳建智、杨俊杰等同志帮我理清了杨水才的一些生平事迹；由衷感谢李艳君、赵冬霞、王华、高铁军、李素平，还有我的父母和我的女儿元琦……要感谢的人太多太多，我将一一记在心里，温暖并滋养着我的灵魂。

由于时间仓促，书中难免会有疏漏不当之处，敬请读者谅解！

张小莉

2019 年 11 月 10 日凌晨于市文联 408 房间